Rigor Mortis

Germán T. Cruz

FINALISTA
V CONCURSO INTERNACIONAL DE NOVELA
CONTACTO LATINO

ISBN-10: 1-63065-068-4
ISBN-13: 978-1-63065-068-1

PUKIYARI EDITORES
www.pukiyari.com

Para Karen (esposa)
Azucena (tía) QEPD
Que habitan mi corazón y mi mente
También para Robert (hijo) y Liesl (nuera)
Azu (hija) y François (yerno)
Simon y Peter y Genevieve y Samuel (nietos)
Con admiración para Armando (amigo eterno)
y Alfredo (amigo en la eternidad)

"Está bien claro que los hombres están destinados a nacer, vivir y morir
pero hay tres nacimientos, tres vidas y tres muertes.
Primero está la vida natural (rigor terrestris) donde se puede morir al ser propio para liberarse del pecado.
Esa primera muerte es seguida de la vida muerta (rigor mortis) cuando el alma se libera del cuerpo y transita por el infinito recibiendo instrucción para perfección bajo la luz.
Llega después una muerte espiritual (rigor spiritualis) que permite el paso fuera del útero a un nacimiento en eternidad (vita aeterna) donde todo culmina en un enlace con la luz de creación.
Este es un regreso a la imagen creadora original (imago dei).
De esto estamos bien apercibidos y os lo damos aquí como verdad recibida bajo la luz del verbo eterno que era desde el principio.
De todas las tres muertes, la segunda (rigor mortis), es la más dolorosa".
—Revelación de Eusebio el Eremita (siglo II)

Índice

Preludio

Me llamo Catalina, a veces me llaman Caterina, Catherina o Cathy o Kate, aunque también me conocen como Talia o Talina e incluso Ekaterina, Katy o Katia. Prefiero Catalina porque es el nombre original que mi padre me dio. El trajín de mi vida me ha llevado a muchos lugares y en cada uno de ellos adquiero un nombre fresco por traducción; aunque siempre soy la misma, no importa cómo me llamen. Cada nombre significa una relación con lugar y gente como el viento que se llama de acuerdo por dónde y a quién sopla. No es asunto de significado ya que en todas las lenguas mi nombre viene del griego Catherine o Katarina o Kalena que significa solamente "pura" como el aire en la región más alta del espacio, allá en las cimas de las cordilleras, debajo del vuelo de los cóndores. Mi nombre es tal vez una forma de oxígeno puro abrazando los frailejones del páramo andino o el brezo que fluye entre las rocas en los Alpes. Me imagino ser ese punto de fuga azul púrpura donde crecen las nubes y la tierra se conecta con el universo como en una perspectiva de Paolo Uccello. He subido con mi abuelo hasta los lugares más altos y puros de los farallones en Santiago de Cali y bajado al borde de los ríos, donde el valle se cubre de pastizales y caña de azúcar. He cabalgado al borde del Pacífico con sus playas cubiertas de hojarasca y cangrejos. He olido en las mañanas ese olor y sabor agridulce de tierra roja y negra empantanada por donde alguna vez trotaron dinosaurios y volaron pterodáctilos emplumados. De otra manera puede ser que en su mente mi padre me veía como una *linea dives* (collares de perlas tirados en la arena romana) que conecta el producto individual de ostras para crear unidad de diversidad. Soy la hija única de Octavio y Alessandra. Nací al borde del desierto libio, donde las arenas de Egipto se mezclan con las del Sudán, bajo una tienda de investigaciones arqueológicas. Me amamantó una nodriza nubia. Pasé mi niñez en Pontus, a orillas del río Cauca, y vivo ahora en la casa de mis abuelos en Ravenna, donde también vivió mi madre. Mi padre Octavio y mi abuelo Pedro Nel me contaron muchas historias de sus vidas, junto con las que contaba mi tío Segundo y el viejo Camilo, el narrador de cuentos, que marchó con Pedro Nel por el valle y el páramo durante esa guerra de 1876 a 1877 sobre religión, educación y dominio que al fin de cuentas nadie ganó. Por esas historias he llegado a conocer tanto a mis padres como los lugares que compartieron y al país que los arropó y arrolló en sus eventos. Así quiero relatar esta memoria antes de que me abandone. Como sabemos, la memoria es esquiva y siempre quiere deslizarse de la mente hacia el refugio oscuro de la nada.

Esta no es una historia complicada o heroica. Simplemente es el relato de unas vidas comunes en un país tratando de ser país a pesar de sí mismo. De gente tratando de vivir más allá de la mera existencia. No es esto un asunto estrictamente mío. Como podréis ver en un momento, las huellas del pasado son tal vez muy grandes como para ser medidas con estos zapatos empantanados de memoria con los cuales he caminado sobre el presente. El tiempo pertenece a quienes lo rescatan. Espero que este relato os entretenga bien y largo a su paso por el filtro de mi memoria. Este relato fluye en sobresaltos como agua que desciende de los farallones sorprendiendo los helechos y las zarigüeyas. No es una narrativa linear sino acaso una voz rebotando loca sobre ese barro pegajoso que une a la tierra con su horizonte. Como dice San Agustín: *"El mundo es un libro y los que no viajan apenas leen una página"*.

Uno

Dime se nulla è stato fatto
Dime si se ha hecho algo aún.

     Octavio, rodeado de lirios, plumeria y veranera junto con velas de cera de abejas pensaba en esta constante pregunta que colgaba de los labios de Leonardo durante sus últimos días en Amboise. Junto con esto permanecía en el aire esa discusión sostenida a través de los siglos sobre si ¿el presente es acaso un afán continuo e interminable de ser y hacer o un punto de reposo en espera de un futuro extraño por conocer? ¿A qué punto se completa la labor de la vida? ¿Cuál es esa labor? ¿Dónde está la guía? ¿A qué punto no hay nada más que hacer? ¿Tenemos acaso una lista de actividades por completar? ¿Cuándo se completa la misión? ¿Cuál es su envergadura? ¿Dónde se entrega el reporte final? Las preguntas circulaban en la mente de Octavio como lo hicieron en la de Leonardo casi quinientos años atrás. Desde su oficina el río parecía responder a la pregunta con su movimiento de espirales llevando arena de orilla a orilla hasta la desembocadura. Una voz suave y húmeda, digamos que era fluvial, enfatizaba un ritmo de ser y no ser al mismo tiempo. Tal vez la vida es una de esas espirales geométricas proporcionales de Vitruvio y Arquímedes, basadas en la medida dorada que se aprende en clases de geometría cuando se presta atención en medio de esa neblina de polvo de tiza al final de la prueba. Espirales que para algunos conllevaban significados místicos imposibles de descifrar sin acceso (Aceso con una sola "c" era por coincidencia la diosa del proceso curativo en la mitología romana) a conceptos avanzados de necromancia y artes mágicas. Para otros era solamente una figura decorativa. Para Octavio, era el ritmo esencial de la vida que se desenrollaba lentamente, como una hoja de helecho o una crisálida transformándose en mariposa. Todo fluye en esos torbellinos que demuestran la fuerza del río y mezclan lodo y agua para obtener ese color café particular de los lugares más profundos.

Para Leonardo, ya cansado de bregar en una Italia feudalizada entre pandillas regionales destruyendo el humanismo de sus amores le llegaba Francia como un respiro necesario. Ni Florencia ni Milán habían podido satisfacer su ansiedad. Amboise representaba la posibilidad de un alejamiento reconfortante. Florencia y Roma lo ahogaron en mente y espíritu. Era necesario tomar aire fresco y distinto. Lorenzo de Medici ya descansaba en relativa paz en Florencia y el papa Julio II (Giuliano della Rovere) murió esperando que Miguel Ángel terminase de esculpir su tumba en Roma. Una época de éxitos singulares concluyó en Italia. Francia representaba un cambio de local para un hombre ya cambiado hacia una vejez de realizaciones finales en lugar de aguantar sabotajes frustrantes y temporales. Su gran caballo de bronce fue derretido para hacer cañones. Saber qué hacer era contrarrestado por los que no sabían cómo hacerlo. Florencia y Roma, con sus patrañas tribales y rigores palaciales obsesivos, habían quedado atrás y el castillo al borde del río Loire, en las colinas suaves de la región central francesa, con sus líneas de viñedos y bosques de castaños presentaban un medio agradable al anciano maestro. De todo el elogio solo le quedaba la bondad y admiración de Francisco I, rey de Francia, quien lo alojó en el Castillo de Lucé (Clos Lucé) a menos de quinientos metros de la residencia real en el Castillo de Amboise, conectado por un pasadizo que afirmaba un ligamento especial. Para Francisco tener a Leonardo en su reino era un poco más que un triunfo coleccionista. Leonardo representaba una cima de inteligencia y arte reconocida en todos los ámbitos. Entre la mugre y el lodo tradicional que cubría la Europa feudal, Leonardo representaba una luz límpida y potente que atraía como un tropismo a los seres más inteligentes de Europa. Era claro que el hombre común de la calle no encalaba en esa imagen construida por Leonardo de un hombre con proporciones ideales elevado sobre el oprobio diario de ignorancia y superstición. Obviamente, Leonardo nunca fue una persona común y corriente. Para Francisco, rey de Francia, este superdotado italiano era un gran trofeo que acrecentaba su posición en el trono de Francia y la vanguardia intelectual del continente. Leonardo representaba un verdadero trofeo humano de talento expuesto en un castillo como en una repisa de museo al borde de un gran río. Leonardo era un relicario tal vez mejor que pedazos de santos, astillas de la santa cruz o lágrimas cristalizadas de Cristo. El castillo no era una catedral sujeta a los caprichos de un obispo. Allí solo el rey podía adorar a su tesoro sin los enredos de una liturgia formalizada y aburrida. Allí el rey podía estar a solas con su objeto de veneración. Rey y artista conversando directamente en privado, como fue la experiencia de Leonardo en Florencia con el Magnífico.

Octavio entendía esto también por experiencia y educación. Él había sido ese negro extraordinario remontando un pasado de esclavos, apuntando a un futuro brillante y poderoso. Los paisajes pintados por Leonardo en sus retratos describían el contexto de Italia y ese Renacimiento que se agitaba en la mente del pintor igualmente, tal vez como las imágenes de ese valle del Cauca donde Octavio había imprimido las huellas de su vida tratando de llegar a un punto de completar una jornada de exploración similar a la marcha de Leonardo en su cultura. La República de Florencia bajo Lorenzo de Medici no era tan diferente a la República de Colombia bajo esas oligarquías locales pretenciosas de privilegios ibéricos y prebendas cristianas aún vigentes por falta de un reto más decisivo. Los ciclos de poder y despilfarro seguían muy cerca a los de vasallaje y pobreza en una danza infinita, concéntrica y tal vez unificada por ser la misma cosa como la cara única de una cinta de Mobius. Patrias bobas se erigían sobre las babas de fanáticos catatónicos e incoherentes con fuerza de armas o una oratoria calculada e imitativa que pasaba por conocimiento y agudeza intelectual. Siempre había imprecaciones y consignas acaloradas en defensa de asuntos mezquinos, pero nunca existía la voluntad suficiente ni el talento capaz de alcanzar una cima o un logro de significancia. Los relojes de la República copiaban las horas de un siglo pasado y mohoso. Todo ideal avanzado terminaba frustrado en un aullido o un balazo. Había siempre bastante oratoria para motivar bandos y sobrepasar objeciones, aunque nunca existía voluntad suficiente para remontar la oscuridad política y religiosa.

Con Leonardo ese sueño de capacidad intelectual y visionaria se veía posible, y acaso trágicamente seductor, en una Francia despertando en el mediodía del Renacimiento al borde de ese Siglo de las Luces fluyendo de Francia y Holanda. Sin embargo, la historia no fue muy bondadosa con los herederos de Francisco. Hubo ese asunto de la Revolución y la guillotina solo doscientos cuarenta y pico de años más tarde. Eventos civiles o religiosos se confabulan efectivamente en todos los tiempos con la ignorancia y la superstición para sabotear toda experimentación artística, cualquier indagación científica o avance social. Esto ocurría sin duda tanto en Florencia como en Santiago de Cali. Dando dos pasos adelante y uno atrás era imposible llegar a ninguna parte, aunque la idea fuese el logro de un deseo estático. Todo se reducía a flotar sobre una nada sofocante tanto en el siglo XV como en el XX. Las trompetas del futuro solo servían para despertar las pestes del pasado para ciclos de repetición. Tanto en el Valle del Loire como en el Valle del Cauca todo se reducía y desintegraba en los bordes mismos de la vida. Vida y muerte en la tensión de conceptos y ecuaciones miópicas. En realidad, debe haber algo más allá de nacer desnudos entre pañales y partir envueltos en un sudario. Algo más allá de una respuesta conveniente.

Octavio y Leonardo se encontraban en territorio familiar a varios siglos de distancia. Tanto como Francisco I y Luis XVI. Hombres muertos repletos de vida al borde de tierras diferentes pero iguales. Leonardo, hijo bastardo en una miasma renacentista, católica y medieval. Octavio, hombre ilegítimo enmarcado por una fiebre tropical republicana y católica. Tenían ambos solamente un corazón y una mente libres. Sus cuerpos se fundían en el barro de la edad, así como les pasó a los dinosaurios.

Leonardo trajo consigo hasta Amboise solo tres pinturas: *Mona Lisa, Santa Ana* y *San Juan Bautista,* junto con su copioso diario y las ideas para vehículos de guerra y grandes esculturas fundidas en hierro y bronce. Rodeado de ese portafolio mínimo, Leonardo pasó sus últimos tres años gozando de hospitalidad y paz al borde de un río que llevaba el corazón de un país hasta el océano Atlántico como un tributo o una caricia conyugal a ese nuevo mundo emergiendo entre revoluciones y devoluciones. En ese borde turbio del Atlántico norte, donde Europa se desnudaba ante el mundo enviando carabelas sifilíticas a lugares desconocidos y legiones armadas a la Tierra Santa, el Renacimiento francés flotaba desde Amboise hasta el Atlántico para acariciar esa Orden del Nuevo Mundo (*Novus Ordo Seculorum*) todavía virginal y esquivo. Octavio traía consigo una mente y un grado muy por encima de su comunidad. Conocimientos fundados en tradición y probados en los fuegos de esa excelencia académica europea. La sombra de Kant y Robespierre no se perfilaba todavía sobre Europa, así como los arreboles de una aurora tropical que apenas empezaban a formarse en esta mañana sobre el horizonte visible desde el segundo piso de sus oficinas donde Octavio podía también sentir la puja de un río enorme a sus pies que arrastraba el corazón de una región hacia horizontes insospechados en el mismo océano Atlántico, separados por distancias de días, pero unidos por un mismo nombre o al menos unas mismas aguas. Océano Atlántico caribeño y europeo fluyendo entre dos mundos, dos mentes y dos corazones. Como el Loire azul y gris, este Cauca fluía como café con leche, enmarcado por guaduales y picoteado por garzas aburridas y martín pescadores todavía soñolientos, marchando por más de novecientos kilómetros, tranquilo y perezoso, tropical y alegre, hacia ese gran océano tan ancho como una semana en barco.

A Octavio siempre le parecía que nada cambiaba por estas orillas a pesar del tiempo y sus esfuerzos. Él recordaba esos momentos ya lejanos cuando por las tardes, luego de la escuela, junto con su hermano Segundo, podían bucear en el río para sacar tres o cuatro metros cúbicos de arena del fondo usando una caneca de cinco galones que en otros tiempos contenía manteca o miel de purga. Era entonces un río puro y vibrante marchando acelerado hacia su desembocadura al borde del Atlántico. Existía mucha demanda de arena para construcción en las ciudades cercanas y los hermanos devengaban un buen sustento con sus labores juntos con otros buzos y canoeros. Era trabajo duro y peligroso por las corrientes del río y el desgaste de los pulmones. Cada zambullida tomaba al menos dos minutos y el peso de la caneca llena de arena complicaba la subida a la superficie. Con cada sumergida aumentaba el esfuerzo para aguantar la respiración. Muchos quisieron hacer esto pero pocos sobrevivieron completos el desafío. Algunos se ahogaron y otros resultaron con pleuresía y otros problemas pulmonares. El agua turbia también irritaba los ojos y a la larga causaba ceguera o conjuntivitis. Con el tiempo los buzos usaron gafas de protección y lavados antisépticos oculares. Algunos tomaron tratamientos de oxígeno o vapores de mentol y hierbas para fortalecer los pulmones de acuerdo con las recetas de las curanderas del vecindario y las sugerencias de Valeriano, el yerbatero. La arena demandaba un precio alto y los buceadores estaban listos para someterse al reto.

En ese entonces Octavio llevaba ya tres años buceando desde completar la escuela primaria luego de haber convencido a su padre de su deseo de ahorrar su plata para pagar por la universidad. Sin embargo, usó el dinero para construir un galpón de lámina de metal corrugada en un patio a orillas del río, cerca de la carretera y la carrilera del ferrocarril. La carretera no era entonces más que una franja de gravilla y barro que permitía acceso al río y sus productos junto con enlaces a ciudades vecinas.

Cada invierno, o sea cuando cayera lluvia, el Departamento de Carreteras enviaba una cuadrilla con pico y pala para rellenar los baches y repartir unos metros cúbicos de gravilla fresca para mantener apariencias, aunque las carretillas y las carretas de transporte de caña causaban daños casi inmediatamente por razón de sus sobrecargas y las patadas de los caballos y los bueyes.

Más que una carretera, esta vía era para el tiempo de Octavio la calle principal de ese lado oriental de Santiago de Cali con todas sus distracciones y entretenimientos, desde comercios de menudeo hasta estantes de comida y refrescos. Un olor a pescado frito y frutas maduras se mezclaba con el vapor de barro y el aroma de hojarasca podrida que dejaba el río en sus riberas. Cruzando el río había un viejo puente de madera y guadua reforzado con cables de acero a través de los doscientos metros de su ancho. El puente remplazaba una vieja lancha que una vez sirvió de transbordador entre las dos orillas atada a cables para contrarrestar la corriente. Varios intentos de navegación sobre el río para conectar el interior con la costa Atlántica fracasaron por falta de pasajeros y carga, más las artimañas políticas y económicas de políticos y terratenientes regionales que frustraban tanto al país como al comercio con su desidia por las cosas verdaderamente útiles.

Como la Francia de Francisco I, este país al borde y largo del Cauca no era más que una entidad feudal sin rumbo otro que la dicha y ganancia de sus terratenientes. Del muelle solo quedaba un escombro carcomido por el tiempo, el agua, la indolencia y el trópico. La caseta de pasajes ya había sido desbaratada para construir casetillas y mesas en el mercado. El puente estaba iluminado con líneas de luces arropadas a los cables de suspensión y farolas en las dos torres de donde colgaban los cables.

Diseñado por un viejo ingeniero italiano, el puente fue luego remplazado por uno de acero traído de Pittsburgh en una jornada de tres meses a través del Ohio, del Mississippi, del Golfo, entrando por la desembocadura del Magdalena y río abajo por el Cauca en lanchas de carga. Todo parece tomar más tiempo en los trópicos. Era parte de una obra encomendada a unos ingenieros alemanes que obtuvieron el favor del Gobierno en uno se esos períodos entre guerras civiles y revueltas regionales que marcaban el pulso de la nación o al menos el desarrollo de un concepto de país.

Una cuadrilla de instaladores acompañó el puente y trabajó con mano de obra local para ensamblarlo ante la mirada tanto curiosa como recelosa de la población. El puente atemorizaba a las élites sociales y políticas que temían el pasaje más incrementado de gente de color otro que el certificable blanco puro que podría aumentar el ritmo de crimen e inseguridad escondido detrás de esos temores raciales alimentados en la oscuridad de las catedrales. Sin embargo, el puente se construyó en ese Pontus gestado varios años antes por Pedro Nel, el padre de Octavio.

La ceremonia de dedicación atrajo una multitud de toda la región, encabezada por el obispo de Popayán además de varios dignatarios cívicos y políticos. Muchos visitantes pudieron ver en ese día la realidad de ese Pontus de leyenda que será discutido con amplitud más adelante en este relato. En medio de la dicha regional, Pedro Nel se deleitó en lanzar "cuetes" (cohetes) que explotaban como puntos de exclamación resonando en los guaduales e interrumpiendo el eco de los discursos y la siesta de zarigüeyas y pericos. El viejo negro celebraba así una jornada empezada muchos años atrás y que solo entonces empezaba a definirse.

Dos

La carretera, con su puente nuevo, a la larga, muy a la larga, recibió una cubierta de asfalto con dos carriles y una falda amplia de dos metros que servía de andén y parqueadero de conveniencia. Algunos llamaron a este cruce el Paso del Comercio o simplemente El Paso como para dar encomio a la junta de mejoras públicas que Pedro Nel organizó durante un juego de naipes.

El nombre ya era común pues había otro Paso del Comercio más arriba, a unos treinta kilómetros, cerca de Yumbo. El afán progresista de los tiempos se concentraba en aumentar el comercio a toda costa, empezando por los nombres de lugares, pensando que a lo mejor podían servir como carnada para atraer inversiones. Los nombres eran tal vez restos de incantaciones mágicas o respuestas divinas imputadas a plegarias o súplicas. Este Paso marcaba el límite metropolitano de la ciudad futura pero aún lejana en una de esas medidas de planeación regional que trataba de oficializar el futuro por si acaso. Los mapas indicaban usos de terreno con colores y nomenclatura que no eran más que sueños de un futuro posible. Las juntas de planeación lo afirmaban con firmas y sellos que avalaban reportes y resoluciones en ese lenguaje convulso, abstracto y leguleyo de los documentos públicos. Como siempre, solo faltaba que alguien hiciera algo para responder con punto y letra sobre su conveniencia.

Más que Paso del Comercio, el lugar empezó a llamarse Piesdelrío en el argot popular, pero Pedro Nel insistió en llamarlo Pontus, recordando las jornadas guerreras de Julio César y su derrota del rey de Pontus en la batalla de Zelia en el año 47, después de la cual exclamó su famosa expresión: *vini, vidi, vici* en tributo a la efectividad de sus tropas y el orgullo de su liderazgo.

Cruzar el Cauca era para Pedro Nel tan significativo como las jornadas de Julio César en Pontus y en el río Rubicón. Su tierra, al otro lado del Cauca, era un horizonte; tanto como Galia lo fue para Julio César. El progreso era nada más que una marcha de legiones romanas sobre tierras bárbaras o de esclavos desde la ribera este del río. Los uniformes podrían cambiar, pero los objetivos permanecían iguales. Esta noción le venía a Pedro Nel de las largas charlas que sostenía con el cura de Cali sobre historia romana, las cuales ampliaban sus lecciones de latín además de su experiencia personal. En este lugar Pedro Nel pudo compartir la exclamación de Julio César luego de su gestión en esa guerra entre 1876 y 1877 sobre control de la educación y la generosa donación de tierras que recibió en esa casona de San Antonio en

Santiago de Cali. Claro que este detalle pasó desapercibido por la mayoría para quienes el nombre simplemente sonaba bien.

Así quedó este Pontus inscrito en los mapas del incipiente Instituto Geográfico Nacional. Así también estaba la plaza mayor que Pedro Nel construyó a la ribera del río en la manera prescrita por las Leyes de Indias. Alrededor de la plaza, por los lados norte, sur y oeste de la carretera, estaban las casitas de los residentes, organizadas en un semicírculo de parcelas con eje en el río y callejones anchos de polvo y arena, casitas construidas de bahereque, selladas con arcilla y boñiga y pintadas con aguacal y color mineral. Casitas que luego se reconstruyeron con ladrillo y teja de metal corrugado o de barro asado.

El diseño urbano de Pontus tenía raíces en las lecturas de Pedro Nel en la biblioteca de la hacienda en Pubenza, en la casona de San Antonio y en la casa parroquial de Santiago de Cali sobre las Leyes de Indias y sus observaciones de litografías de los planes urbanos para Quito, Caracas, y Ciudad de Panamá. Le había impresionado también un grabado del plan de Oglethorpe para la ciudad de Savannah, con sus parques organizados en una estructura cuadricular que encontró sobre la pared parcialmente derribada por un saqueo de lo que fue en un tiempo pasado no tan lejano la oficina de planificación de Santiago de Cali en la Plaza de Caycedo. Siempre fue claro que Pedro Nel no era un arquitecto, sino más bien un curioso muy informado. Tal vez sufrió de mucha información pero sus fuentes eran ricas y valiosas, enardecidas con el calor de los trópicos, aptas a crear nuevas especies y estimular fiebres intelectuales de exceso. A su manera,

Pedro Nel buscaba en la forma urbana de Pontus un punto común con una tradición más valorada y permanente que ese emergente modernismo tropical y confuso que ya se podía ver en el crecimiento y construcción de las ciudades del país. Su deseo era por autenticidad y orden con un estilo duradero, en lugar de mera eficiencia y copia fácil de modelos ya caducos o amanerados. Su experiencia y estudio convencieron a Pedro Nel que era importante darle un sentido de pertenencia y consecuencia auténtica a los residentes, en lugar de mantenerlos prisioneros de las mercedes, modas y antojos de planificadores, arquitectos y constructores nativos y extranjeros. De acuerdo con Pedro Nel, ese lema Santandereano de "Libertad y Orden", apoyado por manojos de leyes y oratoria, era aplicable ampliamente a toda actividad cívica y humana, inclusive la de la planeación de comunidades y el gobierno de ciudades. Sin lo uno o lo otro no sería posible fomentar algo duradero o significativo.

Así nació Pontus, como una villa al estilo romano republicano en la selva semitropical, y Octavio recordaba esos sueños de su padre en medio del aroma persistente de frangipani y veranera desde su oficina en el segundo piso de la sede de Arenas Roma en este día común y corriente por todas las apariencias.

Tres

A veinte kilómetros del centro de la ciudad, Pontus era el lugar preciso para escapar de las normas urbanas y culturales (tal vez morales) de la ciudad. No existía todavía iglesia o párroco que apuntasen al cielo con su torre o al pecador con su dedo índice. Ese lugar en la carretera al lado de Pontus cerca del puente era el horizonte del deseo urbano al otro lado del río, donde los mandamientos morales y cívicos se interrumpían con pescado frito, tamales, arroz con coco, fritanga, pollo asado, dentro de un extenso menú de vanidades y lujurias que demandaban un complemento equivalente de cerveza, ron y aguardiente. Claro que había gula, pero también sobraba la lujuria y otros pecados capitales y mortales cubiertos con silencio para mantener las apariencias. Debajo de las batas negras abotonadas al cuello y las camisas almidonadas cubiertas por sacos oscuros de paño que se refugiaban en las iglesias, había cuerpos intensos y palpitantes con deseos listos para montar una estampida como caballos escupiendo la brida para gozar de la pradera. En el claro-oscuro de la nave central los pechos y las ingles se inflamaban con pensamientos muy alejados de los ejercicios sacramentales. Santiago de Cali estaba atado sobre el valle con una expectativa de santidad, pureza y alcurnia que era imposible de mantener ante esos ataques sensuales que brotaban del aguardiente y el perfume de carne tibia y suave de mujeres graciosas y juguetonas que abundaban en la comarca. Parecía que el valle estaba poblado por amazonas ansiosas de consumarse en el calor tropical bajo los gualandayes o en la corriente del río donde el agua daba transparencia al algodón y la lana. Era en Santiago de Cali donde los deseos impíos de las montañas se realizaban para regresar luego al páramo arropados en ruanas y oraciones de arrepentimiento. Por clima y temperamento Santiago de Cali representaba un ambiente diferente, una posibilidad imposible de pensar. Allí, todo se unía en ese lado de la carretera en Pontus, como si se tratase de un encuentro sobre un punto libertario con prebendas a todos y cada uno de acuerdo a una urbanidad respetuosa de linderos y responsabilidades personales. Por apariencias, ese lado de Pontus era un tributo a la indulgencia que se guardaba bien envuelta bajo las buenas maneras de sociedad al otro lado del río. En estos auges entre libertad y libertinaje tanto la carretera como el río se tornaron con el tiempo en bordes demarcadores tanto social como moralmente. De un lado estaba el negocio de arena, mercado y comunidad mientras que del otro lado de la carretera estaba el del placer y la gula bajo la mirada suspendida del puente que conectaba gracia y pecado con un flujo directo a la ciudad lejana.

Octavio se preocupaba de uno e ignoraba lo otro. Niños y perros jugaban en las montañas de arena construyendo ciudades imaginarias y nadando en las orillas del río mientras del otro lado de la carretera se erigían altares de gula y lujuria bajo casetas con techo de palma seca y pistas de baile rodeadas de mesas con banquetas templadas con piel de res. A lo lejos quedaba la ciudad envuelta en un murmullo de salmos, incienso y comercio formal que pretendían apoyar una virtud esquiva y siempre débil. Todo el entorno del puente sugería una forma de asociación libre, como las de las colonias de abejas o formaciones de gansos y cuervos. Respondiendo a la necesidad de los clientes, las mesas y banquetas se podían mover fácilmente para formar asentamientos temporales de comensales, bebedores o amantes. El libertinaje así practicado en los extremos urbanos excedía los límites de la formalidad y atraía rebeldes sociales o exploradores entusiastas de placeres prohibidos. Así también era el mercado donde los frutos del campo se ofrecían generosamente en medio de la sequía que dominaba la comarca. De las huertas de Pontus se abastecían las alacenas de la ciudad sin peligro de contaminación de pecado. El río observaba todo y continuaba fluyendo, café y espeso, acariciando guadales y tortugas.

Junto con su hermano, Segundo, Octavio llamó a su negocio Arenas Roma, de acuerdo con el énfasis tanto de Octavio como de Pedro Nel por la antigua historia y lengua romana. Lo que llevó a Octavio hasta Italia es asunto para más adelante.

Por un tiempo, una flota de carretillas blancas tiradas por caballos percherones hacía el desfile desde Pontus hasta la ciudad para llevar arena a domicilio.

Para ese entonces Octavio y Segundo empezaron a vestirse de lino blanco con zapatos negros bien lustrados, correa negra con hebilla de plata y una corbata negra o roja de seda. Sus cabellos siempre estaban bien engominados y usaban esos sombreros de paja de toquilla con banda negra que se traían de Ecuador. Para detalle especial, se colocaban un pañuelo de seda en el bolsillo del saco y una flor en la solapa. En lo que era la oficina mantenían un acuario sin peces donde flotaban jacintos de agua que infectaban el aire con su aroma dulce y a veces hostigante. Segundo manejaba el negocio desde una mesa a la entrada del edificio en lo que se había convertido la ramada inicial. Arenas Roma tenía en ese entonces el único teléfono en Pontus y servía como centro de comunicaciones para toda la comarca. Esto no era tan significante dado que el llamado "correo de las brujas" llevaba a diario las noticias tanto de Pontus como de la ciudad, aumentadas por comentarios críticos y notas sociales a veces confundidas por chismes y habladurías. Por toda la ciudad se veían esas carretillas blancas marcadas con ROMA en mayúsculas sobre una loba con dos bebés mamando de sus tetas. Mucha gente creía que Octavio y Segundo eran italianos y se sorprendían al verlos en persona con su piel de chocolate oscuro y sus maneras refinadas y bastante aristocráticas. Años después, Octavio se deleitaría en pasear por la ciudad admirando su arena atrapada en concreto con su mujer atrapada en su abrazo. Las rezanderas en las iglesias se persignaban al verlo pasar y murmuraban entre sí como abejorros. Uno pensaría que Satanás en persona visitaba la ciudad. Entre la alta sociedad local, la presencia de dos negros elegantes causaba recelo por la memoria de las guerras y de los abusos politiqueros incitados por caudillos y mamadores de la teta gubernamental que se veían de manera involuntaria ilustrados en el logotipo de Arenas ROMA. Las líneas geomórficas y culturales de la ciudad establecían divisiones muy definidas entre blanco y negro. Tanto en lo físico como en lo cívico se establecieron y desarrollaron linderos que con el tiempo se tornaban naturales como vertientes de ríos o murallas geológicas. Era cierto que existía una cordialidad muy leve entre ambos lados por asunto de negocios y nada más. Las películas eran en blanco y negro, igual que las fotografías en los libros y los negocios. Así también era la sociedad. Todo el mundo era blanco y negro, aunque a veces saltaban tonos sepias con márgenes blancos como para contener las escenas y darle una dimensión más precisa al entorno. En los parques y por toda la ciudad la gente se retrataba mucho, como tratando de preservar el momento o verse con piel más clara.

Cuatro

Pedro Nel nació alrededor de 1850, sin apellido o partida de nacimiento, en una hacienda del valle de Pubenza cerca de Popayán y del río Cauca. Era entonces uno de tantos bebés negros destinado para labores del campo o la mina. Nada particularmente grande o significativo se esperaba de él. Su madre se perdía entre el rebaño de esclavas que como ganado lechero marchaban perezosamente por los terrenos de la hacienda arrastrando el borde de sus faldas y enaguas caminando a pie descalzo. Tener hijos era parte de su labor, como brillar los cubiertos, barrer el patio o hacer pan. La hacienda producía ganado, vegetales y legumbres junto con una minería de oro que alimentaba la Casa de la Moneda en Popayán. Los patrones vivían más en Quito y Bogotá que en Pubenza. La vida en Bogotá y Quito era más parecida a la de Madrid cerca de la corte o así era la pretención.

Por exhibir una mente lúcida y carácter honesto, además de una presencia agradable y bastante servicial,

Pedro Nel fue encomendado desde pequeño a menesteres domésticos en lugar de faenas de agricultura o minería en el campo. Así creció bajo la sombra de su abuelo como un proyecto de mayordomo, con amplia libertad para estudiar el contenido de la extensa biblioteca en la casa mayor y vivir más autónomo que otros esclavos. A pesar de la abolición de la esclavitud en 1851 y la política nacional de mestizaje para evitar concentraciones de poblaciones raciales uniformes o prevalentes que el gobierno había implantado, la hacienda estaba firmemente anclada en el siglo XVIII como la mayoría de la comarca. Los hacendados del Estado Soberano del Cauca alrededor de Pubenza no concebían de una economía sin mano de obra cautiva y por ende barata. Insistían en vivir el sueño de una sociedad colonial repleta de venias y manoseos mientras a su alrededor se fermentaba una poción cultural y estatal tensionada entre virreinato democrático y país republicano dominado por una élite conservadora intolerante de religiones no diferentes que la Católica Apostólica y Romana en sus aspectos más exclusivos y raciales. La desconfianza racial y los temores partidistas colmaban el diálogo catalizado por una ortodoxia estrecha predicada y practicada por la Iglesia y sus devotos. Los puntos de fuga en esta perspectiva eran los judíos, los masones, y los liberales, además de los paganos y libertinos fuera del dominio de la Santa Madre Iglesia Católica, Apostólica y Romana. Así sabemos qué fue lo que pasó al borde de la Revolución Francesa, las actas de expulsión en 1492 y tantos otros conflictos y decisiones donde la Iglesia jugó un papel decisivo de exclusión o persecución. Vale recordar la masacre del Dia de San Bartolomé en

Francia y la furia de la Inquisición en España. El peso grave de seiscientos años bajo el poder de los moros dejó en España una marca mental y espiritual muy difícil de subsanar, especialmente con la mezcla sin adulterar de ortodoxia católica derivada de las Cruzadas y un sentido de derrota en la guerra sobre el espíritu y la carne que fue exacerbada por la Reforma Protestante y el Iluminamiento científico y cultural. Los españoles, a pesar de su poderío militar, no se sentían cómodos con su apariencia física y sus limitantes mentales. Eran gente tímida e insegura, con ansias de demostrar poder y fortaleza. Hombres repletos de la soledad paupérrima de Extremadura y las pretensiones de la corte en Madrid cruzaron el mar hasta el Nuevo Mundo trayendo esos complejos y vicios. Esa mezcla transferida al Nuevo Mundo daba lugar a la formación de infecciones regionales con un aspecto febril de virus incurable. Los feudos de España se ensanchaban en el Nuevo Mundo hasta el borde de no poder ser manejados o medidos. No existían límites, aunque se trataba de manera extremadamente testaruda de trazarlos o idearlos.

Las tallas y hormas del Viejo Mundo no le cabían bien al cuerpo del Nuevo, a quién le pertenecen estos pastizales y estos nativos tan alejados de catedrales y romerías danzando semidesnudos en una selva incomprensible y oscura. ¿Cómo se forma un diálogo aceptable y provechoso? Ya en 1793, antes de una independencia formal, Antonio Nariño publicó su traducción de los *Derechos del Hombre y del Ciudadano* que para entonces y hasta 1840 no parecían ser aplicables a gente valorada de no ser igualmente humanos por razón de conceptos aristocráticos y religiosos con tintes comerciales, semejantes a la condición de Francia antes de la Revolución. Nariño fue apresado por imprimir copias de su traducción y fue afortunado en escapar dos veces de los buques que lo llevaban a un calabozo en España. Su expresión final: «He amado a mi patria. Solamente la historia dirá qué clase de amor ha sido este» se podría aplicar a muchos héroes, incluso Octavio y Pedro Nel. Como nota de interés es bueno apuntar que el Palacio Presidencial o Palacio de Nariño se construyó en el sitio de su residencia en Bogotá.

Así, el Nuevo Mundo emerge como un archipiélago de privilegios rodeado de océanos de miseria, ignorancia y enfermedad. La alcurnia de una raza española pura dominaba la escalera social y política de un país inseguro de su propia identidad. Indios y negros flotaban invisibles por todo el archipiélago ejecutando las labores esenciales sobre las cuales se formaba un mamotreto de país. Una población invisible construyendo un país sin visión a punta de latigazos.

En 1876, a sus veintiséis años de edad, Pedro Nel sabía leer y escribir tanto en castellano como en latín y dominaba principios de geometría, matemáticas, contabilidad, agricultura, leyes, historia, economía, administración de negocios y todo lo que un bachiller de alcurnia podría tener en su bolsa de conocimiento. Con una manera elegante tanto en presencia como en vocabulario y caligrafía, a Pedro Nel se le encargó, luego de la muerte de su abuelo, todas las responsabilidades asociadas al funcionamiento de la hacienda y la casa mayor. Él era el eje tanto social como administrativo que mantenía corriente la vida diaria de tanto la casa como la hacienda mientras sus patrones se ocupaban de menesteres tal vez más altos y prestigiosos en Popayán, Quito y Bogotá. Su padre era descendiente de esclavos capturados en el Sudán por mercaderes árabes musulmanes y vendidos a traficantes en el África central que los llevaron al mercado de esclavos en Accra de donde los trasladaron a Cartagena y de allí a Popayán. Descendiendo de esta clase más educada de esclavos le daba a Pedro Nel una cualidad más alta de inteligencia o una ventaja genética por la cual él se distinguía con su agudeza mental y presencia personal calma que no presentaba un aspecto de amargura o antipatía.

Por todas señas, Pedro Nel era solamente un esclavo en lo físico con extrema libertad intelectual y personal. Con dos metros de estatura, una piel muy oscura, casi azul profundo, nariz perfilada, labios delgados y cara seca casi enjuta, con ojos verdes penetrantes y amables, y cabello negro ondulado suave y liso, Pedro Nel se presentaba imponente y muchas veces dominante, aumentado por una voz tenor de varias tonalidades, que podía oscilar entre lo cariñoso y lo comandante, junto a una risa fuerte y trascendente. Sus manos con dedos largos y ágiles eran capaces de acariciar con ternura como también apretar con gran fuerza. En todo, Pedro Nel se movía gentilmente, con una autoridad rara en su clase, sin suscitar conflictos o animadversiones. Era tal vez el mayordomo ideal en un lugar lejos de lo ideal. Sus compañeros de juventud trabajaban en el campo y se deleitaban en las veladas semanales alrededor de una fogata contando historias, inventando coplas o simplemente charlando sobre la vida diaria y sus eventos. Siempre había chicha de piña o de maíz o masato en estos eventos, junto con empanadas, huevos duros o papas saladas. Mujeres de todas las clases y edades suspiraban por este ejemplar masculino sin poder acercarse más allá de un saludo muy respetuoso o un intercambio formal. Para ellas, Pedro Nel flotaba inalcanzable como un picaflor o una estrella fugaz. A sus veintiséis años conservaba una timidez natural acerca de lo femenino a pesar de sus deberes y presencia. Ese afán y manierismo de las mujeres le daba tregua y bastante recelo, como si se tratase de entrar a un país extranjero con un idioma extraño. Las mujeres no eran todavía parte de su mundo. Cuando no estaba despachando sus deberes, se le encontraba en la biblioteca, inmerso en varios libros, tomando notas en uno de los cuadernos que él fabricaba con papel de línea barato que compraba en sus incursiones a Popayán. Cosía las páginas entre cubiertas de cuero para hacer librillos de cien hojas. Además, mantenía las cuentas de la hacienda y presentaba reportes detallados de gastos y ganancias, junto con eventos administrativos y de mantenimiento que deleitaban a sus patrones. Perfeccionó su caligrafía hasta mostrarla exquisita, al punto que era muy bien reconocida en Popayán, desde donde le enviaban diplomas y cartas para ilustrar o transcribir. En varias ocasiones estuvo a cargo de producir invitaciones para bodas y banquetes que muchos admiraban y creían haber sido producidas en Europa. Era en todo un superdotado, lo cual le permitía vivir muy encima de su condición social y racial.

Sin empacho y como una máquina bien aceitada, la casa y la hacienda en Pubenza marchaban bien con Pedro Nel a cargo. Por contraste, el país y la región a su alrededor se encontraban sumergidas en el caos absoluto, con nubarrones de tormenta en el horizonte.

Pedro Nel era el puerto de refugio en un mar turbado, repleto de arrecifes y oleajes subversivos. Navegar en esas aguas no estaba en sus instrucciones.

Cinco

Un domingo temprano en la mañana, Pedro Nel se despertó para enterarse de las noticias de una escaramuza cerca de la hacienda entre pandillas liberales y conservadoras. Él ya sabía de encuentros similares por toda la región por acciones guerreras o altercados previos, pero había recibido órdenes de quedarse tranquilo y dejar que las cosas pasaran como de costumbre. El negocio de la hacienda estaba por encima de cualquier trifulca. Sin embargo, en sus visitas a Popayán él podía palpar un clima tenso y viciado que presagiaba consecuencias inesperadas y tal vez transformantes. La demagogia de cada lado llenaba el aire y ocultaba el canto de golondrinas, mirlas, torcazas y titiribíes. No hubo muertos o lesionados como resultado de la pelea, pero sí amplio despliegue de partidismo y arengas de reclutamiento para una causa que se consideraba entonces como definidora de la nación como fueron las otras hasta entonces. Un lado decidió irse en busca de refuerzos o mejores consignas mientras que el otro afirmó su victoria con un consumo enorme de aguardiente y disparos al aire. Para la hora del almuerzo esa cuadrilla victoriosa tomó la hacienda sin mucha oposición; llevándose, o, mejor dicho, capturando a veinte esclavos para sus filas además de varias reses, morrales con papa, sacos de harina y planchas de tocino. Pedro Nel fue forzado a punta de fusil a abrir la caja fuerte en busca de oro, lo que resultó en una gran desilusión para los asaltantes ya que la remesa de oro para la Casa de la Moneda en Popayán había sido despachada el día anterior.

Pedro Nel recibió un culetazo en la cabeza por sus labores, además de una retahíla de insultos raciales y partidistas. El capataz de la pandilla lo acusaba de ocultar riqueza y frustrar el saqueo para beneficio de los dueños que eran sospechados de ser conservadores aristócratas realistas. A manera de berrinche por la impotencia rompieron una vajilla y unos floreros antes de prender fuego a la casa y las chozas aledañas, danzando enardecidos y tirando consignas al aire como cohetes. En la hacienda solamente quedaron las mujeres, niños hijos de esclavos y varios ancianos acampados alrededor de un horno y la pileta de agua potable.

A marchas forzadas, esta banda de más de cien hombres pasó por Santiago de Cali tarde en la noche y se presentaron al mediodía del día siguiente al cuartel general liberal en Los Chancos, localizado al noreste de la ciudad, sobre el río Cauca, cerca de Yumbo. Pedro Nel marchaba amarrado del cuello a una cuadrilla de doce esclavos forzados a cargar parte del botín sacado de la casa y sus alrededores. Al llegar al campamento, la cuadrilla pudo desamarrarse y caer exhausta en la caballeriza sobre montones de heno y bultos de cebada, a la espera de órdenes para vislumbrar su futuro.

Por conversaciones con otros cautivos y reclutas, Pedro Nel se dio cuenta de que esta revuelta representaba otro episodio en las guerras frecuentes del país. Las tropas conservadoras o rebeldes habían atacado a las tropas nacionales o liberales en Tuluá el domingo 9 de julio de 1876 sobre el asunto de educación y su control por el clero o el estado bajo un currículo liberal laico sin énfasis en las enseñanzas de la Iglesia católica. En realidad, la disputa era más sobre control que sobre educación junto con la creciente lucha de clases inflamada por caudillos y peroradores de la clase alta para motivar el apoyo a esquemas de gobierno totalmente desconocidos por el pueblo raso. Las élites blancas peleaban entre sí usando el resto de las capas sociales y raciales formadas por mulatos, indios, y negros para apoyar sus visiones. Se entreveía en esto un eco de las luchas de la Revolución francesa sobre un currículo nacional laico que a veces parecía una puesta en escena del Régimen del Terror en un escenario tropical. Muy pocos de los soldados reclutados para estas gestas podían leer los panfletos y reportes emanados de los cuarteles generales. En la transmisión oral muchos detalles eran omitidos al punto que nadie sabía con quién o por qué se peleaba.

En respuesta al ataque en Tuluá, el presidente del Estado Soberano del Cauca, declaró turbado el orden público el día 12 de julio. Así empezó la guerra formal entre las ideas de enseñanza secular y las de enseñanza eclesiástica en un país fundamentalmente analfabeto, arropado en demagogia y una gran indigestión mental de ideas europeas tal vez mal traducidas. Antes de que las fuerzas nacionales o liberales pudieran llegar a organizarse, los rebeldes conservadores habían avanzado por el norte hasta Cartago y establecido su cuartel general allí luego de derrotar una fuerza liberal desorganizada que huyó luego de agotar sus municiones. Desde Cartago los rebeldes organizaron columnas de guerrillas que empezaron a operar por todo el norte del estado, estableciendo control aparente sobre el territorio. No fue hasta el 25 de julio que el general líder del ejército nacional avanzó la corta distancia de Los Chancos hasta el Paso de la Torre sobre el río Cauca, al norte de Santiago de Cali en las cercanías de Yumbo, para establecer allí su cuartel general con la misión de obtener la paz de manera absoluta. Claro que el significado de paz variaba dependiendo del bando triunfador. Pero toda guerra parece empezar por su final.

Seis

De esta manera Pedro Nel se vio sumergido en una guerra totalmente extraña con un nuevo amo, el ejército liberal nacional, y un nuevo objetivo, la derrota de los rebeldes conservadores y el clero católico. Equipado con una chaqueta de segunda mano un poco grande para sus hombros y una escopeta más una mochila con varias rebanadas de carne seca y arepas además de pertrechos se le enseñaron las artes militares básicas en los patios del cuartel de Los Chancos junto con consignas a todo grito sobre libertad y federalismo que no eran muy diferentes de las que mantenían esclavizados a sus amigos en la hacienda y el territorio. Además de la chaqueta, la escopeta y los pertrechos, Pedro Nel fue encomendado como líder de una cuadrilla de doce soldados con instrucciones de hacer una guerrilla que impidiera el paso y bienestar de las tropas enemigas. Por falta de títulos lo llamaron sargento por parecer lo más apropiado.

Así aprendió a disparar y recargar, además de ejecutar maniobras en el patio del cuartel. Luego de dos semanas, cuando agosto empezaba a quemar el aire con calores intensos y ausencia de lluvia, Pedro Nel y su cuadrilla fueron despedidos una madrugada con un chirrido de trompetas y un redoble de tambores seguidos por una larga sesión de arengas y vivas en todas direcciones y volúmenes. Pasando por entre la tropa, Pedro Nel podía observar que la mayoría era tan negra e ignorante como su cuadrilla. Se le ocurrió entonces que la guerra era tal vez un encuentro racista más que un movimiento religioso o educacional. Se guardó esta idea en sus pensamientos, marchando rápido para alejarse del lugar y la multitud. Así grabó en su mente esa imagen de soldados negros y campesinos pobres, cautivos e ignorantes, avanzando los credos seculares de una élite intolerante contagiada de ideas y eventos europeos, alterados por el lente nublado de los trópicos, como ya se había dicho.

La cuadrilla trotó hacia la cobertura de chiminangos y gualandayes en flor al oeste del campamento. En las mangas de los uniformes estaban cosidos los emblemas que los identificaban como miembros del ejército liberal nacional. Esa noche acamparon al borde de la quebrada de Menga, siguiendo hacia el sur hasta el río Pance en la madrugada. Pescaron bastantes zabaletas en el río Melendez para hacer un buen almuerzo sobre una fogata, acompañado con arroz y arepas que guardaron en las mochilas envueltas en hojas de plátano, como era costumbre. Acamparon en el llano abierto cerca del punto donde el Pance se une al Jamundí. Era una mezcla de trece hombres provenientes de varias partes de la región que pasaron el ejercicio de ser reclutados a la fuerza y demostraron un cierto nivel de inteligencia y habilidad disparando un rifle, aunque su fidelidad a los propósitos partidistas no era muy evidente.

No se conocían muy bien, excepto por tener ese lazo común de la esclavitud y la conscripción. Sobre todo, el grupo estaba constituido por negros, y ellos no se podían mezclar con los criollos y blancos del ejército regular. Estaba Lucas, oriundo de Dagua, de mediana estatura, buen nadador, cazador y pescador. Desde Candelaria llegaba Diomedes, de ojos verdes y pelo amontonado por la cabeza como una efervescencia rojinegra, se definía a sí mismo como excelente cazador de pavo y perdiz. También estaba José Manuel, llamado Mani, que venía como Pedro Nel de la hacienda en Pubenza y había sido uno de los cocineros. Era buen preparador de toda clase de sopas y sancochos así también como pescado y liebre a la brasa. Los otros cocineros que también venían de Pubenza eran Luis, apodado Lucho, cuya especialidad eran envueltos, tamales y tortillas de choclo, junto con Juan Francisco, que iba como Juancho o Pancho, que se deleitaba preparando salsas, dulces, conservas y limonadas. Estaba Clímaco quien había sido capturado por una cuadrilla del Ejército en las afueras de Ginebra, por el camino a Cerrito, recogiendo cogollos para alimentar su afición a la curandería y la propagación de plantas. Camilo estaba también, era narrador de cuentos y compositor de canciones en Puerto Tejada, junto con Rodolfo, su primo, quien tocaba flauta de caña y la zampoña de seis o más cañas. Para remendar la ropa o coser uniformes estaba Aníbal, un sastre de Jamundí, junto con Carmelo, o Melo, que era zapatero y alpargatero. Valeriano venía también de Pubenza y era curandero con experiencia, siempre cargando una mochila repleta de yerbas y pociones además de un gran conocimiento de la flora regional. Junto con Clímaco formaban lo que se podía llamar el cuerpo médico de la cuadrilla. Mario de Yotoco completaba la cuadrilla como buen conocedor del territorio y muy hábil nadador y pescador. Era el más viejo de la cuadrilla y prefería andar descalzo por todo terreno para dejar que sus pies aprendieran el olor, el local y la textura de la tierra. Con sus pies sobre la tierra podía detectar movimientos de gente y carretas por uno o dos kilómetros a su alrededor. Lo llamaban un perro hecho hombre por esta cualidad y su hábito de correr al frente de la cuadrilla para olfatear el horizonte. A este grupo de hombres entre los veintidós y treinta años se les encomendó, por necesidad, una tarea aparentemente muy extensa y complicada, con Pedro Nel a la cabeza: Hostigar al enemigo y prevenir su avance a posiciones estratégicas.

Así se arrojaron estos trece esclavos sobre el inmenso territorio del valle del Cauca tratando de hostigar a un enemigo tan familiar como su vida diaria. Todos conocían a todos en ambos lados y no había animadversión real entre todos. Esta guerra era algo que les correspondía hacer, como desyerbar un patio, reparar cercas, limpiar los chiminangos de helechos o mantener el borde de las zanjas de irrigación. Era no más que una tarea bastante desagradable, pero necesaria, de acuerdo con las órdenes de los patrones. Tocaba obedecer de la mejor manera posible y mantenerse vivo. La guerra parecía más intensa de boca de los caudillos que vista desde las condiciones en el campo. Periódicos y gacetillas de ambos lados describían con gran despliegue de tinta y fiebre patriótica faenas heroicas que nunca sucedieron o arengas copiadas de otras historias. La guerra era más intensa en la imaginación del papel periódico que en las planicies y montañas donde la realidad se aburría de ser. El enemigo estaba formado por amigos y hasta parientes con poco conocimiento de lo que estaba pasando y así nada pasaba.

Para gente en la periferia de las iglesias y la religión, el asunto de quién dominaba la educación era cosa extraña, sin valor inmediato o compulsión. ¿De qué le serviría la educación a una masa de analfabetos vestidos de retazos y trabajando por migas bajo el dominio de terratenientes y amos alejados social y humanamente del medio común donde el pan de cada día siempre llegaba tarde y los deudores nunca recibían perdón? ¿De qué servía la educación? Un partido quería avanzar la causa de educación laica mientras el otro creía muy firmemente que era peligroso tener educación sin control religioso. Ningún lado se preocupaba de cómo enseñar e instruir sin estructuras de alcurnia. Así los esclavos y los campesinos marcharon sin interés a las montañas y los potreros, a nombre de partidos desconocidos, como gansos marchando en tropel por un sendero sin rumbo. Era simplemente una guerra y tenían que pelearla a todo costo, aunque sin arriesgar el pellejo.

Cubriendo bastante territorio por las riberas del río Cauca y sus afluentes, la cuadrilla no encontró grupos enemigos o rebeldes. Encontraron huellas de campamentos abandonados, pero ningún rastro de combatientes. Tal vez los enemigos de la República habían decidido pelear en otras comarcas o tal vez en otras guerras. Todo parecía un encuentro de fantasmas. Fieles a sus órdenes, la cuadrilla hizo un campamento semipermanente cerca de Puerto Tejada y cubrieron en jornadas diarias porciones del territorio de Corinto a Jamundí y de Dagua hasta Cerrito y Pradera, marchando entre cañaverales, trochas y bordes de ríos, trepando lomas y observando el horizonte por sí acaso. Más que una guerrilla, la cuadrilla parecía no ser más que una excursión de amigos gozando de la naturaleza disfrazados de soldados. De vez en cuando subían hasta Buga, designada como capital del Estado Soberano del Cauca, o bajaban hasta Caloto en jornadas de tres o cuatro días para valorar su campaña ante los jefes regionales del Ejército y recibir su mesada en moneda de oro, por insistencia de Pedro Nel, cuya fe en notas de papel no se podía concebir todavía. Para tener mejor perspectiva sobre el terreno se trepaban frecuentemente a Pico de Loro a casi 2,900 metros de altura y aún hasta el Pico de Pance, el punto más alto en la cordillera Occidental, a más de 4,000 metros de altura en los farallones al suroeste de Cali, desde donde podían ver la extensión del valle que se elevaba solo como una llanura entre novecientos y mil metros de altura, para fijar, una vez que el sol quemara la neblina matinal, el avance de otras cuadrillas por el rastro humeante de cultivos y casas quemadas. En tiempos de paz, el valle humeaba por la quema de cañaverales al final de la cosecha y la respiración gris y blanca de los hornos donde el guarapo de la caña se hervía para transformarse en panela, turbinado o azúcar blanca que en realidad era rubia. Ahora la quema solo significaba el fin de acciones de guerra y la destrucción de industrias y haciendas. Desde los picos de los farallones era posible ver en días claros hasta el océano Pacífico y el nevado del Huila, ofreciendo una dimensión más amplia no solo del valle sino de la nación más allá de los confines de la política y la regionalidad. El océano distante parecía unirlos a otros continentes y traer también ecos de otras culturas. Existía en todo un sentimiento de estar conectados con algo más grande y substancial que esta guerra sin consecuencias claras o bien definidas.

La subida al Pico de Pance era ardua pero reconfortante mientras que Pico de Loro era más accesible y amable. Por ser relativamente jóvenes en buena condición física, todos los miembros de la cuadrilla subían con facilidad y agilidad. Había porciones de roca vertical y musgo húmedo resbaloso que causaban dificultad. Con el tiempo, la cuadrilla pudo delimitar una trocha menos exigente. Ambos farallones ofrecían una entrada a otro mundo enmarcado en helechos, musgo y frailejón, y un aire fresco que energizaba los pulmones. Casi al tope del Pico de Pance había una laguna de aguas claras como un espejo de vidrio sobre el cual se reflejaba el cielo, dándole la percepción de mayor profundidad que no por eso prohibía una zambullida rápida. En ciertos días la laguna estaba cubierta de escarcha quebrada por el movimiento de tortugas o la curiosidad de peces. Era maravilloso darse cuenta de cómo en medio de lo que se consideraba como una región tropical surgieran estas alturas árticas como un reto a contemplar cosas más altas que los tobillos o los dedos de los pies. Lógicamente la subida causaba cansancio, pero la cuadrilla apreciaba el descanso en esa región donde el aire era más puro y clarificaba la mente. El sol frotaba la piel y daba un calor dulce a pesar de la escarcha y las ocasionales tormentas de granizo. Arropados en sus ruanas alrededor de una fogata, los hombres pasaban una velada muy entretenida alejados de los problemas de abajo. Era entonces hora de cocinar, contar historias, cantar coplas o contemplar el espacio y el correr de las nubes dejando huellas de sombra y luz sobre el valle.

La dimensión del valle aumentaba con el paso de sombras y el perfil gris de tormentas en la distancia. Era en realidad una tierra gentil y generosa, cubierta de caña y pasto, con un gran río que fabricaba lagunas en sus subiendas depositando huevos de peces y ranas que luego serían apetecidos por las garzas y los pescadores. Desde lo alto se podía ver a ese valle como un paraíso. Al caer de la tarde la neblina cubría el valle formando un telón horizontal azul púrpura que forzaba una mirada más elevada a un cielo cubierto de estrellas donde era posible pensar en una dimensión más vasta y transcendente. La Vía Láctea marchaba tranquila por el firmamento con su rebaño de estrellas, cometas y la profundidad del infinito que definía una estatura más propia para hombres y lugares.

Lucho vivía obsesionado por conocer las constelaciones y preguntar sobre el destino de estrellas fugaces zambulléndose en el espacio. Le parecía que todo el cielo estaba en movimiento perpetuo, como el mecanismo interior de un reloj. Todos sonreían y hacían dibujos de patrones y lazos aparentes sobre el lodo con hojas de junquillo o la punta de sus navajas. Luego, muy luego, Lucho estudió astronomía y pudo descifrar la magia de las constelaciones para sí mismo y para otros como rector de la escuela en Pontus.

El surtido de víveres, grano, carne y legumbres para los mercados locales de la comarca comenzó a fallar por las acciones bélicas de destrucción de propiedad y cultivos, a más del éxodo de esclavos y campesinos a causa de la guerra y el desempleo general, pero para Pedro Nel y su cuadrilla había abundancia en los bosques, ríos y veredas repletos de fruta, perdices y peces. De vez en cuando cazaban venado o liebre que se consumían rápidamente o se compartían con residentes de ciudades o aldeas en su gira guerrillera por el valle. Fieles a su consigna, la cuadrilla marchó constantemente sin encontrar oposición significante y pasaron entonces el tiempo desarrollando una amistad más profunda, descubriendo raíces africanas y rumbos de vida bastante similares. De agosto hasta diciembre la labor guerrillera de Pedro Nel y su cuadrilla no tuvo encuentros de gran significado. El ejército radical se pasó el conflicto huyendo del ejército nacional evitando batallas y escaramuzas de consecuencia. Para Pedro Nel y su cuadrilla no existía placer en atacar a gente en fuga o fantasmas temerosos. Por todas las apariencias el enemigo era un fantasma reacio a morir por su fe. Bajando de los farallones o cruzando los potreros por la vega de ríos y quebradas Pedro Nel y su cuadrilla llegaban frecuentemente a Santiago de Cali, donde conseguían materiales para remendar sus uniformes junto con pertrechos y víveres. Los comerciantes locales empezaron a conocerlos y establecer relaciones más amplias y gentiles con esta cuadrilla disciplinada de esclavos que les traían fruta y carne de caza.

Las batallas decisivas de esta "guerra santa" se libraron en otros lugares, con triunfos rotundos para el ejército nacional y un eventual tratado de paz que reafirmaba la posición inicial del gobierno liberal sobre educación y el papel del clero. Varios sacerdotes fueron exilados por su despliegue de "santa furia" desde el púlpito y algunos líderes emigraron para proteger o substraer sus bienes y posiciones. Luego de la Batalla de la Garrapata del 19 al 22 de noviembre, la derrota de los rebeldes era inexorable y la guerra se convirtió entonces en una corraleja para llevar al ejército rebelde a un campo de paz donde se pudiese firmar un armisticio. Todos los muertos ya habían muerto y solo faltaba garantizar posiciones de provecho para los líderes o un exilio sin peligro para los que estaban hartos del conflicto. Claro que hubo necesidad de celebraciones y llevar a cabo varias destrucciones de bienes y propiedad, junto con la ejecución de partidarios del lado vencido para dar validez a las consignas y berrinches. Alguien tenía que pagar por los platos rotos. Aquí la ignorancia animada por el sectarismo ciego causó daños incalculables tanto para los ganadores como para los perdedores. La creciente desigualdad social y económica del país ofreció una gran oportunidad para acciones de venganza que pretendían traer satisfacción, reparación e igualdad, pero no eran nada más que acciones de barbarismo desenfrenado que sembraban las semillas para futuros conflictos. La identidad política de los bandos se convertía en un tatuaje imposible de borrar, excepto a punta de bala o machete. No existía un orden público o una gallardía cívica sino un clima general de recelo donde unos eran culpables de los males de los otros y viceversa.

Venganza sin sentido se convertía en un acto

casi religioso y necesario. Las olas de una gran revolución industrial que arropaba el mundo muy levemente empezaban a tocar las costas intelectuales y morales de un país desmoralizado que flotaba sangrando a la deriva de la historia universal en pantanos de servidumbre y rangos caducos. La única manera de alcanzar igualdad o reducir la miseria era quitándole bienes o vida a otros. De esta manera la guerra cogía sentido de momento por encima de las consignas y los argumentos pseudo-filosóficos que buscaban mantener un falso apoyo a la manumisión como base de mano de obra barata y el mantenimiento de una alcurnia de clase o procedencia como centro objetivo de una vida nacional. La guerra empeoró las condiciones con graves consecuencias económicas y humanas que hundieron al país en una quiebra financiera difícil de transitar sin riesgos a largo plazo.

Antes del final completo de la guerra (como si hubiese tal cosa) con la firma del tratado de paz ocurrió el saqueo de Cali durante el día de Navidad en 1877 que sorprendió a Pedro Nel y su cuadrilla.

Estaban bajando de Pico de Loro y luego de pasar por el "charco del burro" allí donde el río Cali recibe al río Aguacatal oyeron el eco de gritos de una multitud que marchaba arriba por la calle Quinta hacia La Merced y el barrio Granada. Entre ellos, un general caudillo y sus oficiales arengaban a sus tropas y a una multitud proveniente de Palmira y Cerrito con bateas y baldes a tomar la riqueza de familias conservadoras del norte de la ciudad y hacerles ver el poder de la victoria del pueblo por medio de insultos a la riqueza, a la estación social, al partido y a la fe católica. Al llegar a la carrera Quinta, la multitud se partió en varios grupos, con unos marchando hacia el centro alrededor del parque de Caycedo, donde atacaron almacenes y la Iglesia de San Pedro. Otros siguieron hacia el norte y el oeste invadiendo La Merced, el barrio Granada y San Antonio.

Los saqueadores del centro abusaron verbal y físicamente a los comerciantes, causando contusiones y varios infartos, además de penetrar al templo para llevarse los objetos de culto, incluyendo cálices, copones, crismeras, patenas, vinajeras y una gran custodia de oro incrustada con esmeraldas y diamantes. Unos se bebieron el vino sacramental y regaron hostias por toda el área del altar mayor luego de darle una severa paliza al párroco, quien se atrevió a condenar sus actos y tratar de prevenir el saqueo.

Pedro Nel corrió hacia la capilla de Nuestra Señora de la Merced para prevenir la destrucción de varias obras de arte colonial y el robo de los objetos de culto. La capilla de La Merced y su monasterio eran consideradas como joyas de la época colonial y orgullo de la ciudad dado que Nuestra Señora de la Merced se adoraba como la santa patrona de la ciudad desde la fundación por Sebastián de Belalcázar en 1536. En ese entonces, la capilla era parte de un complejo que incluía otras dos capillas y un convento de las monjas Agustinas Recoletas. El temor de Pedro Nel era por la preservación del oro y las joyas preciosas que adornaban la imagen de la virgen, tanto como los lienzos de la época colonial con imágenes sagradas. No le cabía en su entendimiento la noción de sacrilegio como parte de retribución por un triunfo guerrero y político. Para él existían cosas que se respetaban no importa lo que pase.

Llegó a tiempo para interponerse entre una turba y el altar, pero recibió un garrotazo en la nuca que lo derribó inconsciente por un rato. Un poco después, adolorido y tal vez confundido, pudo constatar la integridad de las imágenes sagradas y los objetos de culto. La media penumbra del santuario, con sus lámparas votivas y olor a incienso, ofrecía un aire de santidad que pudo amedrentar a la turba a pesar de la ambición por objetos de riqueza. Las monjas vivieron el evento cantando oraciones detrás de un retablo, difuminando ese sonido suave y angelical que creaba un deseo de no pecar.

Un poco adolorido pero capaz de caminar y orientarse, Pedro Nel salió de La Merced y subiendo por la carrera Tercera, podía ver los resultados de invasiones a varias casas con puertas y ventanas desgonzadas de sus marcos, patios destruidos, vitrinas quebradas, pedazos de muebles esparcidos, y los gritos desesperados de esposas e hijas buscando a esposos, abuelos e hijos en medio de la confusión, el pánico y el aullido de perros heridos.

Así llegó a las faldas de San Antonio por la carrera Cuarta y una casona donde las mujeres estaban atendiendo a un anciano herido en la cabeza y el pecho con dos machetazos. Su cuadrilla arribó antes que él y forzó la fuga de la turba a punta de culetazos y disparos al aire. Todo objeto que no estaba clavado en la pared había sido robado, aunque la biblioteca solo sufrió el robo de unas vinajeras de cristal y un globo mapamundi que fue tal vez considerado como un gran trofeo o una manera de tener el mundo en las manos. En medio de la confusión, Pedro Nel no se percató de que las mujeres estaban en ropa interior desgarrada en partes y otras estaban prácticamente desnudas.

Encomendando el cuidado del anciano a Valeriano y sus conocimientos botánicos, Pedro Nel guio a las mujeres hacia el interior de la casa y con Mario pudo encontrar dos aguamaniles con agua fresca y toallas para que se limpiaran y pudieran encontrar ropas. El anciano sobrevivió las heridas gracias al cuidado de Valeriano y Pedro Nel durante los días siguientes. Pasado el mediodía, las mujeres se recuperaron lo suficiente como para reorganizar la cocina y las alcobas. El desnudo solo constituyó parte de un esfuerzo por humillarlas, pero la rabia causada por el asalto les pareció suficiente como para reforzar el carácter y la decisión de sobreponerse. No fueron violadas físicamente pues la turba estaba interesada más en lo material que lo sexual.

Por todo el vecindario, rezanderas vestidas de negro se arrodillaban en las calles y elevaban plegarias pidiendo intervención divina para exterminar los demonios del saqueo. El hecho de que la mayoría tenía piel oscura aumentaba el fervor y la condena del acto que para muchas era un aspecto del fin del mundo con los secuaces de Satanás desbordados y desbocados por el planeta. Muchas se postraron sobre el piso de San Pedro y La Merced entonando rosarios y salmos de venganza y arrepentimiento.

Al mismo tiempo, Pedro Nel ordenó a su cuadrilla hacer un reconocimiento de los vecindarios afectados y prestar ayuda a sus habitantes en defensa de personas y propiedad. La oscuridad de las pieles de la cuadrilla parecía disiparse con las obras de benevolencia. Muchas casas habían sido allanadas y el llanto mugido de muchas mujeres daba testimonio de los ultrajes. Un mugido de rabia impotente en lugar de rabia por violación, pero mugido de todas maneras.

Pedro Nel buscó al párroco de San Pedro quien, con una venda sobre su frente, caminó incansable entre los escombros consolando a muchas víctimas. En medio de todo y bajo los arreboles del crepúsculo, los creyentes más fervientes rezaban la letanía de la virgen o el *Angelus* junto con las monjas clarisas y carmelitas recién regresadas del exilio en donde fueron condenadas por previas administraciones nacionales celosas de la separación de poderes y el mantenimiento de un clero sujeto a la voluntad de las leyes y sus intérpretes. La idea de un clericato secular bajo control estatal formaba parte del sueño liberal más radical y había llevado a un encuentro agravado por la intransigencia de ambos bandos. Los ideales liberales de secularización no se podían combinar con las doctrinas católicas de dominio espiritual total. Dos dominios totales no pueden coexistir en paz. Al cabo de todo, en este día de Navidad, rasgos de fe, humanidad y civismo se extendían como los arreboles crepusculares en una ciudad confundida y adolorida al final de una guerra inconclusa. Gracias a Pedro Nel y su cuadrilla la pena se hizo más tolerable.

Los días siguientes al saqueo encontraron a Pedro Nel y su cuadrilla caminando por la ciudad para estimar los daños y ofrecer ayuda en donde fuese posible. En el área de La Merced y el centro dos comerciantes fueron golpeados a punto de muerte y muchos locales estaban en ruinas por el robo de surtido y la destrucción de estanterías. Los locales de negocios alrededor de la plaza de Caycedo estaban vacíos y con ventanas rotas, paredes demolidas y cielorrasos allanados en busca de tesoros ocultos. Existía esa impresión general de que los ricos ocultaban sus tesoros para protegerlos de los pobres y negarles la dicha de gozar riqueza. Era un concepto que permeaba en la cultura desde hacía mucho tiempo y en estas horas aumentaba en densidad y volumen por razón de la pobreza y el desempleo causado por la belicosidad del Estado. Aunque la multitud se desvaneció durante la noche del 25, Santiago de Cali había recibido una gran paliza de la cual no se recobraría por muchos años. La desconfianza social y personal marcó tanto las relaciones personales y raciales como la condición política de la ciudad por muchos años. Cada grupo social buscó formar reductos homogéneos y exclusivos recelosos de extraños y desconocidos. La división blanca y negra se agudizó de manera extrema al punto de crear dos sociedades muy diferentes en los polos extremos de la ciudad bajo una cubierta frágil de urbanidad. Para entonces Santiago de Cali tenía solo treinta mil habitantes, pero contenía la ira de toda una región, como una vela romana con varias cargas listas a explotar sin aviso previo.

Siete

Luego del saqueo de Cali, Pedro Nel fue encarcelado y presentado con un consejo de guerra por insurrección, fraternización con el bando enemigo, desobediencia de órdenes y provisión de consuelo y ayuda al enemigo. Su cuadrilla no fue enjuiciada por estimarse que actuaba bajo su dirección. Entre todos los participantes en esa triste guerra, solo Pedro Nel fue enjuiciado a insistencia de ese general que lideró el robo. El mismo que algunos años después solicitaría caridad para pagar por su sepelio que al final de cuentas fue una manifestación de exuberancia por sectores populares y una reafirmación de su papel incitador en la expoliación.

Encadenado en el calabozo del cuartel, Pedro Nel podía ver a través de una reja a los soldados haciendo los ejercicios matinales antes de formar un cuadrángulo en el patio mayor alrededor de dos mesas y varias sillas. Muy pronto llegó una escolta para llevarlo al patio donde fue recibido por un coronel designado para actuar en su defensa o al menos darle consejos. Lo vistieron con un uniforme nuevo de sargento mayor y botas que le apretaban los dedos y el talón. Así marchó Pedro Nel entre su escolta hasta llegar a una mesa donde se detuvo esperando direcciones. Al toque de trompeta, entró un general para actuar como presidente de la corte, seguido por dos generales y un coronel que se pararon detrás de la mesa al frente de la suya. Otros oficiales ingresaron al recinto para ocupar las sillas detrás de Pedro Nel. Con un nuevo trompetazo se sentaron todos excepto Pedro Nel, quien previamente fue instruido por su coronel consejero de quedarse de pie mirando la mesa del general presidente. Era una mañana soleada con una brisa muy gentil que arrastraba el aroma de mirtos por el aire solemne del cuartel. Pedro Nel pensaba que este sería un buen día para pescar sabaletas y nadar en el río Aguacatal, pero de por medio estaba este asunto de la corte marcial. En medio de la tensión del momento, un sargento entró desde la oscuridad del margen del recinto para leer el acta de acusación. Era una perorata en lenguaje legalista que acusaba a Pedro Nel de haber desobedecido órdenes y confabulado con el enemigo durante los días del 24 al 30 de diciembre, luego del desalojo de los conservadores de sus posiciones en el centro de la ciudad. Los conservadores lograron tomar la ciudad una semana antes, en acciones del 18 de diciembre, pero fueron contraatacados fuertemente por el ejército nacional, causando su retirada alrededor del 21 de diciembre. Esos fueron los días finales de la guerra, antes de la batalla decisiva en Manizales en mayo de 1877. Luego de comentarios preliminares, el general presidente instruyó a Pedro Nel para que presentase su defensa. Pedro Nel se paró, ofreció el saludo militar al tribunal y sin tener notas se dirigió así:

Muy respetada corte.

He sido traído ante vosotros en cadenas. Para mí y mi raza esto no es fuera de lo normal. Estoy ante vosotros tal vez no como un hombre, sino como una bestia. Así se me trata y así se me ve. Estoy ante ustedes acusado de rebelión por aquellos que se rebelaron contra la compasión en tiempo de guerra. Rebeldes que están ahora juzgando a otros rebeldes bajo la artimaña de una corte marcial basada en tradiciones de honor y justicia que son hoy en día nada más pretexto que proceso. No hay nada más incomprensible e injusto en vista de los propósitos y realidades de la reciente guerra.

Las mulas que fallaron exhaustas cargando pertrechos, municiones y provisiones a través de pantanos y montañas deben estar aquí también. Ellas se rebelaron contra el sentido común de gente sin sentido a pesar de la urgencia de sus trámites. Murieron en el páramo y fueron abandonadas como carroña a los gallinazos y los perros. Como ellas, yo cumplí con la mayoría de mis cargos pero no pude en buena conciencia ejecutar un cargo final, no por falta de coraje sino por una abundancia de humanidad. No fui conscripto por fidelidad a principios nobles sino por fuerza de arengas y consignas. Hice por fuerza lo que me mandaron hacer con armas inferiores y riesgo enorme.

En esta guerra que nadie entendió se sacrificaron hombres que nunca supieron por qué se peleaba. Vidas gastadas en trincheras y marchas desesperadas que dejaron al lado viudas, novias, familias y sueños de vida mejor. Lo dieron todo por nada. Esta guerra no tiene héroes. Ha sido un conflicto de miseria por ambos lados.

¿Quién soy yo? Mis antepasados no fueron esclavos o bestias. Fueron personas. Mi bisabuelo era hijo de nubios y etíopes residentes del Alto Egipto al oeste del Nilo Azul. Muchos siglos antes de él, su gente dominó como faraones a todo Egipto como nubios en la vigésima quinta dinastía 600 y 700 años antes de Cristo. También como etíopes, esa gente de mi bisabuelo abrazó la fe de Abraham y luego la de Cristo. Esto lo podéis leer en las Santas Escrituras pregonadas por vuestros curas y pretextadas por vuestros líderes. Luego de su confirmación en el cristianismo, mi bisabuelo entró muy joven al monasterio cóptico en Kharga, ahora llamado por el mameluco Kashef, al oeste del Gran Oasis por donde pasaban las grandes caravanas entre Cairo y Darfur, al sur de Sudán. Durante una época de expansión fundamentalista musulmana, los mamelucos atacaron el monasterio y capturaron a los monjes para matar a los viejos y vender los jóvenes como esclavos. Mi bisabuelo llamado Efraim fue llevado desnudo y en cadenas hacia el oeste a través de Ouadai, Adamaqua y Benin hasta el mercado portugués de esclavos en Accra. De Accra fue llevado hasta Cartagena de Indias donde fue comprado para trabajar en una mina de oro en el área de Las Mercedes, a orillas del río Cauca, en el Cauca Grande, cerca de Popayán. Aquí lo llamaron el Negro Anastasio, pero nunca reconocieron su cristianismo hasta que un misionero carmelita se dio

cuenta de sus sermones en copto a otros esclavos. La fe de un esclavo negro no tenía valor comercial en el negocio de esclavos. Sin embargo, lo llevaron entonces a la casa grande donde en su edad mayor se convirtió en mayordomo luego de aprender a leer y escribir castellano bajo la tutela de los misioneros carmelitas. Lo emparejaron con varias esclavas en consideración de su estirpe y figura, tratando de extraer una herencia provechosa para la trata de esclavos.

Mi padre desciende de ese linaje. Los restos de mi bisabuelo descansan hoy bajo un guayacán cerca de la casa grande en la hacienda. Todavía se puede ver una piedra grande con grabados en copto que proclaman su nombre real y su nombre de esclavo. Los restos de sus antepasados habían descansado por siglos en la necrópolis de Al-Bagawat, cerca de las ruinas del monasterio en las cercanías del oasis de Kharga. Los mamelucos disturbaron su descanso eterno destruyendo las tumbas y los mausoleos en su furia fundamentalista musulmana pero sus restos, a pesar de la violación de su paz, se quedaron esparcidos por ese desierto libio dando testimonio de fe y permanencia, así como mi bisabuelo descansa hoy proclamando una presencia forzada en estas comarcas. Mi abuelo murió aplastado por bolsas de oro cuando se volcó sobre él una carreta que llevaba el producto de la mina a la Casa de la Moneda en Popayán. Lo enterraron al lado de mi bisabuelo sin mucha ceremonia. Su nombre era el mismo de mi bisabuelo y no se inscribió en la piedra. Un solo nombre servía para arroparlos en el más allá. A pesar de todo, era solo un esclavo, no muy diferente de una mula o un asno. Sin embargo, como se puede ver, en alguna parte del mundo y tal vez aquí también, soy un hombre nacido de hombres. Un hombre tan cristiano y educado como vosotros y vuestros gobernantes. No soy más y no soy menos, excepto ante ustedes.

En cuanto a las acusaciones acerca de mi conducta, solo puedo decir que lo hice todo en buena consciencia y con alta ética, de acuerdo con las reglas de guerra, como me fueron enseñadas en el cuartel de los Chancos, antes de encargarme la misión guerrillera. He actuado con decencia y gallardía en un ambiente preñado de odios, celos y consignas partidistas que no tienen que ver con los propósitos formales de la contienda. Ser de un bando o del otro no significa la destrucción total de personas y propiedades. Todo el país es patrimonio y la destrucción de personas o bienes nos disminuye a todos. Así ayudé a gente indefensa ante una oleada de avaricia, ira y envidia con fines a corto plazo. El saqueo no resultó en beneficios permanentes otros que una distracción sobre la pobreza, el recelo y la miseria que hoy existe alrededor de la ciudad. Nada ha cambiado, excepto que ante vosotros soy nada más que el negro Pedro Nel. Un hombre sin apellido o descendencia de alcurnia, tan bajo como un mono y no digno de apellido o historia. En realidad, no existo para ustedes como persona y solo como bestia. De ninguna manera soy un saqueador. No envidio o deseo los bienes de otros, como lo prohíben el octavo y décimo mandamientos de vuestra fe. Así me someto a vuestra voluntad, como una mula a su amo. Examinadme así y castigadme como tal. No vale la pena perder vuestro tiempo con un juicio a una bestia.

Con esto los soldados por todo el patio empezaron a aplaudir y lanzar consignas a favor de Pedro Nel. El general se puso de pie para apelar al orden y dirigiéndose a Pedro Nel lo increpó, compartiendo que mucha gente a lo largo del valle le escribieron cartas afirmando la humanidad, gentileza, y buena conducta de Pedro Nel y su cuadrilla. Hasta el cura de Cali había intercedido por él y ofrecido una misa a San Miguel Arcángel para hacer nota de la honradez y el tesón de Pedro Nel desde su tiempo en la hacienda de Pubenza. Varios comerciantes y residentes de los barrios al norte de Cali también ofrecieron testimonio de su coraje en defensa de sus familias y hasta recogieron fondos para premiar su heroísmo en la recuperación de los objetos sagrados del santuario de La Merced y las iglesias de San Pedro y San Antonio. Muchos participantes en el saqueo de Cali se habían arrepentido de sus acciones y devuelto sus botines. Para el general estos actos espontáneos daban buen crédito a las fuerzas armadas y contribuían a la paz que trataba de reinar en el país.

Pedro Nel no necesitaba una corte marcial, excepto por esa insistencia del general que lideró y arengó el saqueo. Su airada voz en contra de Pedro Nel resonó por un tiempo con consignas y maldiciones que sorprendieron al general que presidía la corte marcial y a muchos asistentes. Una vez restaurada la calma, se disolvió la corte marcial y Pedro Nel fue excusado sin prejuicio, pero licenciado con honor de las Fuerzas Armadas. A la salida del cuartel se quitó las botas para aliviar ampollas en el talón y dedo mayor de sus pies marchando entonces con su chaqueta al hombro hacia el centro de la ciudad vadeando las aguas del río Cali en vez de usar el puente. Las aguas frescas del río además de conectarlo con su amor a los farallones sirvieron también como un oficio de purificación. Esa agua fría y alegre danzando entre las piedras se unía con los mordiscos de zabaletas nadando alrededor de sus pies para reafirmar una relación de afecto por una comarca y una cultura. Todo el tránsito de año y medio se lavaba allí para empezar una nueva etapa de vida. La guerra había terminado. Al menos para Pedro Nel y las zabaletas.

Ocho

Casi inmediatamente al término de la guerra surgió una plaga de langostas que terminó acabando con lo que la ignorancia de las tropas y la furia partidista de los caudillos no destruyeron. La fractura del campo agrícola causó escasez de víveres y materia prima para la industria, además de gran desempleo rural. El hambre creció con la sequía y apretó la garganta de los habitantes de manera cruel y a veces violenta por la escasez y el alto precio de los suministros. Claro que esto no dio pausa a los caudillos y demagogos que continuaron atizando fogatas de toda índole en busca de poder o supremacía temporal o definitiva.

Varias guerras sobre varias disputas surgieron en los años siguientes que no merecen mención en este relato. Empiezan por lo mismo y terminan en lo mismo, solamente llenando los camposantos y elevando el índice de miseria. Vale decir que el país estuvo sumido en bancarrota tanto financiera como espiritual por varias décadas. Tal vez hasta el presente. El sistema de esclavitud que apoyaba la agricultura e industria desaparecía sin establecer un nuevo modelo más apto a la realidad y necesidad nacional e internacional. El Gobierno se convirtió en la fuente predominante de empleo, aunque restringida a favoritismos de raza, clase y partido. Pedro Nel regresó a las ruinas de la hacienda en Pubenza para encontrar otros dueños, ahora obsesionados con la minería de oro, sin necesidad de un mayordomo. A los veintisiete años, contando por todo haber con una ruana de lana, un fusil, una mochila, pantalones de dril de algodón y una carta del Ejército agradeciendo su contribución al triunfo nacional, Pedro Nel caminó de Pubenza hasta Popayán, pensando encontrar empleo en la Casa de la Moneda. A pesar de su talento, un negro esclavo sin padrino político no tenía las cualidades de nobleza o suficientes para empleo en instituciones dominadas por estirpe y raza. Su color y condición no encajaban en el orden tradicional.

Pedro Nel decidió entonces ir a Santiago de Cali, por ser esta ciudad la que le brindaba más gratas memorias recientes. El párroco de San Pedro prometió ayudarlo luego del saqueo y la corte marcial. Su gran defensa personal y elegancia de presentación dejó muchas gratas impresiones en una ciudad doblegada y humillada por acciones muy fuera de tono con sus tradiciones. En la casa parroquial, Pedro Nel recibió y aceptó la oferta de ser sacristán con una habitación y un salario patrocinado por familias agradecidas de su gentileza y heroísmo. Aquí no era el negro Pedro Nel sino una persona libre llamada Pedro Nel. La guerra quedaba atrás y la expectativa del futuro llegaba oblicuamente como los rayos del sol a través de los vitrales. Parecía que la Santa Madre Iglesia había adoptado a un nuevo hijo.

Vivir en la casa parroquial colocaba a Pedro Nel en el centro de la vida urbana, con un roce diario con toda clase de gente e instituciones. A pocas cuadras quedaba una de las pilas o fuentes que proveía agua potable para la ciudad. Allí siempre se encontraba una tertulia de sirvientes que incluía sus compañeros de guerrilla quienes se conectaron a varias familias y tomaron un estilo urbano de vida. De esclavos pasaron a sirvientes con salario y beneficios. La diferencia no era tan importante como la bondad del trato. En esa pila llenaban tinajas y garrafones para suplir el consumo doméstico. El baño y el lavado de ropa se hacía en los ríos durante las horas más soleadas. La ciudad vivía entonces en una conexión extensa e integral con su entorno natural. El sol y el viento ayudaban a secar ropa tendida sobre líneas de alambre entre postes o árboles. Las lavanderas llevaban su trabajo en canastas hasta el río y regresaban por la tarde para tenderlo en las líneas. Por las noches encendían carbones para calentar las planchas y ejecutar el rito de aplanchar y almidonar todo lo lavado. Las camisas de algodón y de lino recibían atención muy particular para evitar salpicarlas con ascuas, mancharlas con ceniza o quemar el almidón. Era tiempo entonces de cantar y contar historias a la luz de velas y lámparas de gasolina. A las aplanchadoras se unían las cocineras y otras sirvientas que llegaban luego de lavar los platos y limpiar la cocina. En estas tertulias se cambiaban noticias o chismes, así como mensajes de afecto. Una cultura invisible se levantaba entre la domesticidad como el reflujo debajo de la corriente superficial en los ríos.

El ritmo de vida y trabajo en la ciudad era constante y ocupaba a todos en sus respectivas capacidades. Cada día tenía su diligencia. En las huertas de los patios traseros se cultivaban verduras y frutas que se canjeaban entre vecinos. En ciertos tiempos el aroma de fruta madura llenaba el aire tanto como la fragancia de las flores de rosales, geranios, cerezos y jazmines. Había noches redolentes del perfume de plumeria que raptaban la mente y el espíritu. A pesar de la pobreza, la sequía, y el desorden nacional, se vivía en una relativa paz lejos de la furia partidista y los eventos gubernamentales. Cohabitaban en realidad tantos países como espectros raciales, y este de los sirvientes era invisible y silencioso en el esquema nacional.

Los lazos establecidos durante la guerra se afianzaron con el tiempo. De vez en cuando la cuadrilla se reunía para subir al río Aguacatal o al Pance para nadar y pescar. Excursiones más largas se hacían al río Melendez o al río Lili, donde se podía encontrar un surtido mayor de peces y era posible capturar liebres y perdices. La confluencia del Pance con el Jamundí creaba oportunidades bastante excitantes para los buenos nadadores con una corriente rápida llena de remolinos. Muchos menos experimentados sufrieron grandes sustos atrapados en la corriente que invariablemente los tiraba hacia la orilla luego de hacerles tragar varios bocados de agua. La vida era apacible a pesar de las dificultades y el hambre. El país continuaba siendo arengado en lugar de gobernado y la economía se arrastraba por la bancarrota sin esperanza de remedio. Aún así, vecinos ayudaban a vecinos y asuntos de raza o clase no figuraban en la vida diaria. Los varios niveles sociales definidos por contenido racial se deslizaban entre sí libres de conflictos. Fluía una especie de aceite social entre los varios estratos que lubricaba el roce diario.

Fue en esta época que Pedro Nel empezó a estudiar plantas medicinales como lo había visto hacer a Valeriano durante la guerra. Mucha gente llegaba a las oficinas parroquiales buscando ayuda para problemas de salud por encima de los espirituales. La biblioteca parroquial tenía varios libros y manuales sobre medicina natural que Pedro Nel consultaba y suplementaba con charlas en la cocina con las viejas sirvientas que le pasaban narraciones y recetas de infusiones, inmersiones, pomadas, tizanas, y otros remedios. Muy pronto Pedro Nel empezó a caminar por potreros y lomas recogiendo plantas para su herbario y botiquín médico, acompañado a veces por Valeriano, quien ya era reconocido como un curandero experto. Como era su costumbre, Pedro Nel guardaba notas extensas en sus cuadernos, con dibujos detallados de plantas y su cultivo, que al fin y al cabo llegó a compartir con médicos locales muy a menudo sorprendidos por sus conocimientos y grado de estudio. Así que cuando una de los vecindarios más patricios de la ciudad sufrió una epidemia severa de fiebre con diarrea, lo llamaron para aliviar la frustración de los médicos a insinuación del párroco. Luego de consultar con Valeriano y ofrecer unas tizanas y baños de aguas vegetales, Pedro Nel logró curar la epidemia y ganarse la gratitud de gente muy prominente, así como también elevar el nivel y apreciación por esa curandería que él y Valeriano hacían sin beneficio de credenciales otras que la salud de sus pacientes. La dependencia doméstica de la ciudad alcanzaba hasta el mantenimiento de la salud en general. Era una carga no bien definida pero sobrentendida.

A falta de un acueducto purificador, el agua potable que se obtenía de las varias pilas artesianas era susceptible a contaminación por la condición de los baldes, las tinajas y los garrafones usados para transporte tanto como la condición higiénica del contorno. Problemas con diarreas y otras infecciones estomacales y epidérmicas eran comunes. No fue hasta casi cuarenta años después que Santiago de Cali pudo construir un acueducto con agua purificada del río Cali. El entorno alrededor de las pilas se empezó a cuidar con más esmero y muchos hogares se acostumbraron a hervir tanto el agua como la leche. La higiene pública llegó a la ciudad de una manera ausente en la política nacional.

La pequeña oficina de sacristán en la casa parroquial se convirtió pronto en consultorio médico y el párroco empezó a pedir un óbolo pequeño por las consultas, al tiempo que invitó a Valeriano para hacer parte del consultorio que por el aumento en tráfico tuvo que ser trasladado a media cuadra de la casa parroquial para acomodar mejor a la clientela y permitir el funcionamiento eficaz de la oficina parroquial. Pedro Nel continuó descargando sus labores de sacristán, dejando para Valeriano la mayor parte de la consulta curandera.

Por encima de las necesidades de salud estaban las de hambre y nutrición. En vista de la escasez de vegetales causada por la plaga de langostas, el éxodo de campesinos y la destrucción de las granjas de producción en el campo, el párroco le sugirió a otros párrocos y varios comerciantes la formación de una entidad para donación de comida a los necesitados. No era asunto de cocinar sino de distribuir víveres de manera oportuna y bien organizada. Para esto consiguió la colaboración de la élite ciudadana y se empezaron a hacer distribuciones semanales de grano, frijoles, panela, vegetales, harinas, aceite, tocino y frutas en tres iglesias y en el patio del Hospital de San Juan de Dios. Les cayó a Pedro Nel y su cuadrilla la tarea de recoger los víveres y alertar a la gente acerca de las donaciones. La cuadrilla se desplazó por la región visitando casas, granjas y hatos para recoger verduras y víveres. Las Hijas de la Caridad en el Hospital San Juan de Dios sirvieron entusiástica y generosamente, aumentando las donaciones con consultoría médica. La condición física de los habitantes era lamentable, con muchos casos de raquitismo, deformaciones artríticas, infecciones estomacales, parasitismo, eczema, impétigo y otros males. A su vez, los frailes de San Francisco agrandaron la donación con pancitos de trigo una vez a la semana, los cuales eran deliciosos con unas gotas de miel o rebanadas de panela. El párroco de San Pedro recibió mucho encomio por esta obra que sirvió para el eventual establecimiento de un servicio municipal de caridad para beneficio de los millares atrapados en la pobreza y el hambre.

Las frecuentes guerras habían desequilibrado la economía con devaluaciones de la moneda y una proporción muy alta de desempleo. Más de la mitad de los habitantes del país vivían precariamente entre la escasez y la miseria. Esta población se concentraba incrementalmente en las zonas urbanas sin tener medios de supervivencia otros que el deseo y la esperanza de un regalo por un caudillo o una caridad. Existía *de facto* un país de limosneros hambrientos, analfabetos y deprimidos, junto a una República de políticos dialogando sin fin sobre honores y prebendas. El sistema de esclavitud y la subsecuente ilusión de un sistema de manumisión que soportaba la falsa idea de autosuficiencia en un siglo pasado pereció bajo las realidades de liberación de esclavos y la transición a una era industrial para la cual el país no estaba preparado. La época de las máquinas entraba a un país analfabeto sin considerar que existían requisitos educativos y administrativos para su eventual provecho. Por la persecución intransigente de alcurnia entre las clases altas y falta de visión en el Gobierno, el país estaba repleto de abogados y poetas ignorantes de la mecánica de producción, pero muy enfocados en odas a dioses muertos o ideales brumosos. Más de la mitad de la población estaba contenida en los espectros más oscuros de raza, y, por ende, de clase, donde cada tono de piel representaba una barrera al avance tanto económico como educativo. Así, el hambre y la pobreza no se podían subsanar con discursos y elegías o el uso insistente de color como definidor de oportunidad. Los puramente "blancos" luchaban por una certificación de pureza de sangre y herencia para obtener privilegios mientras que los "impuros" de otros colores buscaban un lugar en el escalafón tonal entre sepia claro y negro con la esperanza paralela de obtener privilegio. De la mitad para abajo del escalafón quedaba una gran población desesperada de negros, indios, mulatos y mestizos ansiosa de ser reconocida y tratada humanamente. El color de su piel consignaba a Pedro Nel al nivel más bajo a pesar de sus aptitudes. Por todas las indicaciones, esto no le importaba mucho o nada. Pedro Nel se definía por capacidad y talento, sin esperar favores.

Nueve

Casi luego de dos años de servir como sacristán, una sirvienta vino a la casa parroquial con un mensaje de esa familia de San Antonio que Pedro Nel ayudó durante el saqueo. Lo invitaban a almorzar. La casa quedaba por la parte baja de San Antonio cerca de la carrera Tercera. Era una casona de dos plantas alrededor de un gran patio repleto de flores y enredaderas que perfumaban la calle. Una fuente de azulejos tiraba un escupidito de agua al aire y materas de porcelana y terracota contenían una gran variedad de plantas con hojas de colores, helechos y filodendros. Varios mirtos y granados contemplaban el entorno desde posiciones en los bordes del jardín. Pedro Nel y su cuadrilla estuvieron allí durante el saqueo. Parecía que la casona se había recuperado bien del asalto cuando la turba destruyó el patio, tumbó la puerta principal, desnudó a las mujeres para humillarlas, saqueó la cocina y el comedor, llevándose vajillas, cubiertos de plata y manteles de lino con bordados de

flores, además de varios sillones. En ese día, Pedro Nel
no pudo prevenir la golpiza y machetazos que le dieron
al abuelo de la familia por ser un "rico conservador"
pero lo atendió con Valeriano para recuperarlo luego
de que la cuadrilla ahuyentara la turba con sus rifles.
La gratitud de esta familia era grande y ser invitado a
almorzar representaba un inmenso honor que llenaba
de preguntas la mente y creaba tensión al no saber el
por qué exacto luego de dos años.

Subiendo por la carrera Quinta hacia San
Antonio, Pedro Nel repasaba sus días en la guerrilla
buscando pautas. Vestido de lino blanco marfiloso con
una corbata de seda azul oscuro y un sombrero blanco
de pajilla, Pedro Nel pronto llegó a la casona y timbró
en la puerta donde fue recibido por un niño sirviente
que lo guio a un conjunto de sillas bajo un alero al lado
del patio. Pedro Nel podía observar cuartos y pasillos
repletos de cajas y baúles con etiquetas de direcciones
extranjeras. Al cabo de un rato entró el abuelo del brazo
de su hija, junto con una sirvienta que les ofreció un
vaso de champús y una bandeja de empanaditas con
ají.

Una vez sentados hicieron charla general,
deleitándose en el refresco, comentando sobre las
plantas del patio, esperando la llamada al comedor. Era
un mediodía fresco y soleado muy en tono con el clima
típico de la ciudad y las brisas refrescantes de los
farallones. A pesar de la charla tan cordial, bullía en
Pedro Nel una tensión por la expectativa de querer
saber lo desconocido. El almuerzo consistió de sancocho
de gallina con plátanos verdes fritos (patacones) y arroz
con papas. De postre sirvieron natilla con nata de leche

y un pocillo de café tinto al que el abuelo añadió medio tintero de aguardiente.

Una vez limpiada la mesa, el abuelo sacó un mapa que mostraba varias propiedades al este de la ciudad, en la ribera del río Cauca, sobre la vía a Candelaria. Así le comunicó a Pedro Nel su intención de irse para Catalunya con toda la familia, harto de tanta guerra e insulto. Él tenía unos viñedos y una granja de ovejas a veinte kilómetros al norte de Barcelona, en el denominado valle Occidental, cerca de Sabadell a orillas del río Rípoli. Su esposa e hijos ya estaban allá. Solo faltaba terminar de empacar y enviarlo todo a España. Sus tatarabuelos habían venido de Catalunya en los tiempos luego de la restauración de Fernando VII al trono de España. Una vez derrotado José Napoleón era su intención darle a Pedro Nel una hacienda de mil manzanas o casi setecientas hectáreas, al borde del río en la ribera oriental, la cual el tatarabuelo recibió gracias a una merced o concesión de tierra por el virrey de Santa Fé de Bogotá, ahora debidamente transferida, registrada y aprobada por el Gobierno de la República luego de la independencia. Las escrituras ya estaban debidamente registradas en la notaría encargada del registro de cesión de tierras y refrendadas por la oficina de catastro. Era una parcela que pocos deseaban por tener muchas lagunas causadas por las crecientes del río y bosques de guadua poco aptos para la ganadería. Más que un regalo, la tierra era un reto con altas posibilidades de fracaso. Sin embargo, el abuelo estaba convencido que Pedro Nel podía hacer algo con esos potreros. Encima del regalo de tierra, el abuelo deseaba darle su biblioteca para empezar tal vez una biblioteca regional donde estudiantes y el público en general pudiesen estudiar los fundamentos reales de ciencias y humanidades. El abuelo estaba convencido de que las guerras y el partidismo eran sinónimos de ignorancia y una biblioteca podría ser un agente de iluminación mental y espiritual. Pedro Nel podía recoger los libros y la estantería apenas hubiese construido un lugar para instalarlos. Por eso la casona quedaba en sus manos por un año antes de pasar a nuevos dueños. Pedro Nel no podía hacer otra cosa que dejar las lágrimas correr por sus mejillas mientras sus labios trataban de articular unas palabras de agradecimiento. El abuelo lo abrazó murmurando: «A ti te debo mi vida, a ti te doy una nueva vida». No había nada más que decir. Una sirvienta trajo una vinajera con un vino oporto bastante añejo y los dos amigos se pasaron la tarde sorbiendo alcohol y repasando la vida envueltos en el humo de esos puros gruesos que llegaban de Cuba.

El regalo de una biblioteca representaba para Pedro Nel algo mayor que un terreno. Era un depósito de conocimiento, un cimiento de libertad. Examinando la biblioteca en la casona, le sorprendió ver una colección de la obra de Alexander Humboldt, especialmente los cuatro volúmenes de su *Ensayo Político sobre el Reino de la Nueva España* traducidos al español, los cuales Pedro Nel procedió a leer con absoluta voracidad en las semanas siguientes. Humboldt publicó esta obra entre 1808 y 1811, y se encontraba repleta de datos minuciosos acerca de la vida y eventos humanos y económicos de las colonias españolas en Suramérica. Los datos apoyaban una condena crítica al papel del gobierno español en la administración de las colonias del Nuevo Mundo, así como también el desarrollo de una visión informada sobre una rebelión inminente a causa de la lucha de clases y la condición de esclavitud y vasallaje que predominaba en la sociedad colonial. Humboldt conectó las ciencias naturales con las económicas y políticas de una manera integral e interdependiente en lugar de considerarlos como eventos separados y sin relación alguna. La unidad de todo lo creado subrayaba la visión de Humboldt y llegó a afectar el pensamiento liberal de su época y de otras épocas. Desde Jefferson y Madison hasta Bolívar le dieron muy merecido crédito a Humboldt por su honestidad intelectual y fuerza de trabajo en la indagación de causas y la formulación crítica de remedios que abarcaban tanto el medio ambiente como el clima social y político de las colonias.

En su tiempo y para sus contemporáneos, Humboldt era la autoridad suprema, iluminando la capacidad y belleza de un continente hasta entonces mal estimado. En su *Carta desde Jamaica* y en *Mi delirio sobre el Chimborazo,* Bolívar dio muestras de una gran admiración por el trabajo y la visión de Humboldt, que luego influyó en varias medidas de preservación de flora y fauna instauradas por su Gobierno como presidente de la Gran Colombia. Para Pedro Nel estas ideas armonizaban con su conocimiento de filosofía romana y servía para definir esa visión personal que se estaba formando luego de la guerra y su migración a Cali. Desde su condición de esclavo, Pedro Nel pudo ver y sufrir el maltrato a que se sujetaban los niveles inferiores de la sociedad colonial.

La riqueza de la biblioteca le ofrecía un reto de estudio y una fuerza libertadora tal vez superior a la biblioteca en la hacienda de Pubenza.

En las semanas subsecuentes a la visita, Pedro Nel gastó mucho tiempo en la biblioteca, examinando la colección, tomando notas en sus cuadernillos y llenando renglones de conocimiento en su mente. Estudiar y aprender eran en él energías muy potentes. El descubrimiento de las ideas de Humboldt y el conocimiento expandido sobre Bolívar y su pensamiento libertador basado en la enorme riqueza natural de Suramérica le ayudó a enmarcar una visión más clara sobre su labor futura. Otro aliciente le llegaba de leer acerca de Alexandre Petion, Tousaint Louverture y Jean-Jacques Dessalines liderando esa rebelión de esclavos que liberó a Haití y su apoyo a la causa de Bolívar. Había también rasgos de esas ideas que Jefferson tenía acerca de una nación de granjeros ciudadanos cultivando sus finquitas de cinco acres sacando tiempo para actividades cívicas sin establecer una clase política aposentada en determinadas localidades urbanas. La biblioteca marcaba una nueva línea de horizonte en la perspectiva de su vida con un número infinito de puntos de fuga. Este regalo de libros no era tanto un asunto de volumen como lo era un reto a la mente y al corazón. El abuelo había organizado la biblioteca en orden alfabético de autores con referencias cruzadas a títulos en un fichero todavía inconcluso que sería una labor asignada luego a Valeriano y otros.

Con las escrituras en una papelera de cuero,

Pedro Nel caminó al atardecer hasta la sacristía todavía abrumado y bastante inebriado. Allí le contó a Valeriano lo sucedido, lo cual también fue escuchado por el párroco. Los tres hombres se postraron, llorando sin saber qué hacer en los días siguientes. ¿Dónde empezar? ¿Qué iba a pasar ahora? Esa pregunta de Leonardo quinientos años antes emergía de nuevo:

¿Se ha hecho algo todavía? ¿Qué se ha hecho?

Las respuestas no tardaron en llegar. Varios hacendados arguyeron que esclavos no podían tener propiedad. Pedro Nel era aún esclavo nominalmente pues estaba dado de baja por el Ejército, pero no había sido liberado por su amo en Pubenza quien había emigrado a Ecuador antes del fin de la guerra. En verdad, Pedro Nel podría ser considerado como un esclavo fugitivo sujeto a captura por una persona libre con plenos derechos de ciudadanía y de venderlo al mejor postor a pesar de la liberación ordenada a mitad del siglo XIX. Sin embargo, un examen detallado de las escrituras revelaba una cláusula donde se identificaba a Pedro Nel como un esclavo capturado por el abuelo luego de ser secuestrado contra su voluntad por el ejército nacional y ser abandonado por sus amos al emigrar a Ecuador. En esa misma cláusula se otorgaba la libertad sin condiciones a Pedro Nel con derecho a propiedad. Para completar la liberación, se le restauraba a Pedro Nel el apellido Ben Efraim como homenaje a sus abuelos y el propósito de conferirle un nombre propio. Así quedó resuelto el asunto de propiedad, pero pronto emergió el argumento de que esa propiedad era un baldío bajo control de la municipalidad y al servicio de los hatos lecheros a su alrededor. Otra vez las escrituras certificaban que la propiedad no tenía hipoteca o restricciones, límites o codicilos de otros y estaba libre de deuda pública o privada. Además, los hatos estaban cometiendo una intrusión sin autorización en contravención de las cercas y linderos demarcadores de la propiedad. La última objeción se hizo por el asunto racial. Se arguyó que no era posible para un negro recién liberado de la esclavitud poder administrar una propiedad tan grande sin educación ni experiencia comparable a la de los otros hacendados. Aquí el párroco de Cali logró obtener constancia escrita y notarizada de la labor de Pedro Nel en la administración de la hacienda en Pubenza y de su avanzado estado de educación comparable a un bachiller. Con un poco de reluctancia, los hacendados y aún los políticos locales aceptaron a Pedro Nel como persona idónea para administrar las tierras recién recibidas.

Así nació Pontus, a orillas del río Cauca, a lo largo de la carretera a Candelaria y Palmira. Ese Pontus de que se habló en capítulos pasados y se hablará en los siguientes donde Pedro Nel ejercitaría lo aprendido en Pubenza y en la vida.

Diez

Recibir un regalo de tan altas proporciones da razón para muchas reacciones de parte del recipiente. El regalo implicaba una acción compleja. Qué hacer, cómo hacerlo, cuándo hacerlo. Dónde y a quién acudir por consejo claro y sin interés falso. Quién es honesto. Quién habla verdad. Cómo solicitar y aceptar consejo. Por varios meses estas inquietudes circularon como un remolino de polvo por la mente de Pedro Nel. De manera general existía un plan para las tierras, pero de manera particular el plan necesitaba pautas para ejecución. Tenía que tomar un paso decisivo.

Al cabo de unos meses, Pedro Nel convocó una reunión de su cuadrilla junto con el párroco y unos consejeros de ganadería y agricultura. Empezaron con un almuerzo en la casona de San Antonio y terminaron al anochecer. El propósito era establecer guías para el uso de tierras, distribución de parcelas, protección contra actos de perjuicio, administración del orden público, proceso para implementación de medidas y proyectos además de otros asuntos. Todo esto suena muy leguleyo y tal vez complicado sin necesidad, pero era necesario para darle a Pontus un fin propio bien definido y ampliamente protegido. A pesar de todo, el país se sumía en leyes de toda índole que muy a menudo se tornaban en dolores de cabeza, impedimentos mal calculados o tremendos fracasos a pesar de buenas intenciones.

Pedro Nel tomó la decisión de darle a cada miembro de su cuadrilla una parcela de veinte hectáreas para construir vivienda y tener una huerta de frutas, vegetales o aves de donde devengar sustento y aplicar buenos principios de agricultura doméstica. El resto de la propiedad sería mantenida como un hato o granja experimental con ganado lechero, huertas de árboles frutales, campos de maíz y pasto para alimentar ganado, gallineros, algunos cerdos y cabras. Pedro Nel estaba inclinado a seguir una sugerencia para hacer piscicultura en las lagunas con avances modernos, como oxigenación y alimentación, que apenas se vislumbraban en esta época entre dos siglos. El futuro era una posibilidad insistente pero incomprensible. Había que construir muchos puentes hacia esa orilla más avanzada que apenas se vislumbraba. Dar los primeros pasos en el vacío requería mucha fe y este esclavo la tenía en abundancia, junto con el coraje para ejercitarla.

En cuanto a la organización de los terrenos, ya existía un plano general aceptado por todos. Al frente de todo estaba una plaza mayor de veinte hectáreas con la escuela y la biblioteca a su lado, además de una franja de hospedaje y diversión al lado sur de la carretera opuesta a la plaza. No era exactamente un plan de acuerdo con la Leyes de Indias, pero demostraba un cierto parentesco con una estructura de orden más centralista y de alguna manera jerárquico. Todo plan parece sufrir de los mismos problemas tratando de crear orden del caos. Al lado norte de la plaza estaría la propiedad privada de Pedro Nel, junto con las oficinas administrativas y una sala-auditorio de reuniones, o centro cívico, como lo llamó Rodolfo en una de sus canciones. El lado oeste de la plaza se dedicó una parcela para una iglesia colindando con la escuela al lado este. El borde del río tendría un dique de piedra encanastada en malla de alambre para prevenir erosión y proteger la plaza de las inundaciones causadas por las crecientes del caudal. El dique ofrecía una gran muralla para sentarse y hacer negocios. Era la banca común de la comunidad. Organizadas en semicírculo alrededor de la plaza, las parcelas estarían separadas por callejones de ocho metros de ancho irradiando de un punto al borde del río. Allí colocaron la columna de piedra que celebraba la fundación de Pontus. El plano era muy diferente a las cuadrículas de costumbre y les complicó un poco la delimitación a los agrimensores acostumbrados a los ángulos formales de la trigonometría urbana. Cada miembro recibió una escritura certificando título y linderos de propiedad junto con los estatutos de la cooperativa. Para mantener claridad, se leyeron las escrituras para cada una de las parcelas y se plantó una estaca en cada una de ellas con el nombre del propietario. La lectura de documentos duró varias horas pero era necesario para educar a todos y promover un sentido de unidad social tanto como de espacio. Se trataba de exponer y afirmar la capacidad de la tierra y las personas.

Había un nuevo mundo que demandaba unidad y responsabilidad como ese lema santandereano de "Libertad y Orden" con el cual se arropaba la nación en su escudo de armas. Era un lema altisonante probablemente no intentado para las clases bajas, pero para Pedro Nel se podría tomar en su valor directo a pesar que para muchos el asunto de "orden" se tomaba como sumisión o control. Nadie sabía exactamente lo que "libertad" significaba, aparte de un ideal romántico de otra era. Los nuevos dueños pasaron la tarde inspeccionando sus parcelas y soñando con un futuro más cierto y bondadoso, o al menos mejor cuantificado. Las dimensiones de su nueva posición escapaban tal vez de su percepción, pero en sus corazones no cabía el gozo de tener un pedazo de tierra con su nombre en una escritura y una estaca. Con excepción de Pedro Nel y Valeriano, el nivel de alfabetismo entre la cuadrilla no era muy alto y por esta razón se deseaba instruir bien a todos acerca de sus derechos para evitar abusos y engaños por terceros. Lo que no les había costado tenía un gran valor que no se podía menospreciar. De manera particular, Pedro Nel no tenía mucha confianza en la buena fe de los caudillos, terratenientes y oficiales locales o nacionales, por razón de las demandas sobre su capacidad discutidas anteriormente, además de su experiencia personal en Pubenza. En cada momento crucial de su vida Pedro Nel tuvo que reafirmar su capacidad intelectual y valor personal por razón de su raza y posición. Esos tintes blancos y negros que servían de atmósfera para la vida en el Cauca Grande contrastaban con su visión multicolor optimista. La envidia de afuera podría debilitar e incluso destruir la fe de adentro. Desde el anuncio de la donación, Pedro Nel se vio asaltado por un sinnúmero de agentes de bienes raíces, vendedores de implementos, ingenieros de toda clase, limosneros y misioneros con exceso de gula, patrocinadores y patronos de toda índole. Todos querían ayudarlo y coger un pedazo de su nuevo patrimonio a nombre de toda clase de propuestas.

Tener y defender el terreno fue la parte difícil de los primeros años. Esa rapiña de hienas persiguiendo carroña caracterizaba el ambiente local y nacional desde las frecuentes guerras hasta el ejercicio de propiedad. Pedro Nel concebía todo esto como una humanización del salvajismo con efectos nocivos para la sociedad. Se decía que esas tramas y maquinaciones eran solo producto de empresa y libertad sin límites, productos del nuevo espíritu nacional celebrado en la constitución y las leyes. Para Pedro Nel todo era nada más sencillo que un atraco o robo legalizado. Nadie tiene derecho a la propiedad de otros, no importa cuál sea el propósito. A su manera de ver, la propiedad era un elemento sagrado tanto en repúblicas como en cualquier otra forma de gobierno. Así se definieron los principios fundamentales de Pontus. Así emergió este esclavo de la oscuridad a una nueva y poderosa luz. Los retos y restos del pasado se convirtieron en insuficientes ante el oleaje benéfico del presente.

Para resguardar la apariencia y unidad de la hacienda se acordó mantener un estilo congruente de cercados, casas y otros elementos físicos. Postes blancos con capas rojas se instalaron a lo largo del perímetro con alambre de púas tendido entre los postes. Se plantaron jacarandas, algarrobos, chiminangos, samanes y guácimos a lo largo del lindero detrás de la cerca. La zona aledaña a la carretera sería bordeada con dos hileras de guayacanes plantados a veinte metros de intervalo sobre un piso de rosa salvaje que sería podado frecuentemente. Las rosas con espinas bastante numerosas y fuertes servirían de resguardo contra invasiones y toda clase de atentados a tomar territorio. Era necesario establecer una identidad formal para esta nueva comunidad.

Ese dicho popular de que *"las cosas no son del dueño sino del que las necesita"* se había convertido en ley de conducta por la comarca luego de tanta guerra y numerosos saqueos. Era una ley sin efecto en Pontus. Pedro Nel estableció una expectativa general de honradez y respeto por propiedad, objetos y personas que se transformó en conducta normal. Ese recuerdo del saqueo de Cali al final de la guerra permanecía indeleble en la memoria de su cuadrilla. Pontus se ideaba como una comunidad virtuosa al estilo ciudadano de la Roma antigua con influencia del trópico. Tener un entorno agradable era necesario para el bien social común. A lo largo de los callejones se recomendaba a cada nuevo dueño plantar árboles de mediana estatura con flores como carboneros, mirtos, almendros y plumeria para promover la presencia y el trabajo polinizador de abejas y murciélagos además de un buen complemento de árboles frutales. En la confluencia de cada cuatro parcelas habría una pila de agua pura debidamente higienizada. Estas pilas podrían servir las estaciones de lavandería para cada parcela hasta que otro sistema se pudiera instalar.

Había en las casas tinajas de barro que filtraban

el agua en otras tinajas y le daban al agua un sabor muy agradable sin trazos de arena o barro. Para proveer por las necesidades del hato se instalarían cuatro o seis pilas de agua con abrevaderos o establos en diferentes lugares. Ningún descargue de aguas negras o grises sería permitido directamente al río. Para este efecto se instalaría un sistema interceptor de zanjas y lagunas para filtrar el agua de la superficie basado en los sistemas desarrollados por los egipcios y los moros de remover lodo y contaminantes progresivamente por varias lagunas hasta obtener agua filtrada. Por el carácter arenoso de la planicie del río sería necesario taladrar más profundo para cada pozo artesiano, llegando tal vez hasta el nivel de roca, y así evitar el peligro de contaminación. Acceso al agua pura era esencial para el desarrollo y buena salud de la comunidad. Con el tiempo se construiría un sistema de acueducto y alcantarillado usando nueva tecnología aún no accesible a la comarca que conectaría los pozos. Se notaba un sentido de urgencia pero también existía un cuidado progresivo y cauteloso. El anciano legó un fondo generoso para hacer las obras de desarrollo e instalación de la nueva comunidad. Pedro Nel, con ayuda de un banco local, se ocupaba de los menesteres financieros. Encima de esto, miembros de la cuadrilla se deleitaron en invertir sus ahorros y subsanar gastos con el producto de sus oficios y labores. Pontus crecía como una cooperativa más allá de un posible sueño.

El año siguiente a la reunión fue testigo de un trabajo muy intenso de construcción que terminó con la dedicación oficial de la comunidad con la mudanza de sus nuevos habitantes el día de Navidad de 1881. Además de los miembros de la cuadrilla estaban esposas, familias y parientes cercanos que en total sumaban 188 personas junto con varios perros, vacas, caballos, cerdos y unos chivos. Así los números 1881 y 188 quedaron grabados en los anales de Pontus y en una estela de granito con efigies de los trece más el abuelo y el párroco colocada en la plaza mayor en un punto que servía como centro para demarcar las propiedades. Por la noche hubo una celebración con fuegos artificiales y un asado de tres cerdos con su contingente de comida y aguardiente. Arcesio, el hijo mayor de Lucas, se había enamorado desde pequeño de los fuegos artificiales y trabajaba en un taller de pólvora cerca de Candelaria donde aprendió a mezclar polvo de carbón con varios metales para producir efectos sorprendentes de color y sonido. A él le encomendó Pedro Nel el espectáculo de fuegos artificiales. Arcesio tomó la ocasión para demostrar sus conocimientos y tratar de deslumbrar a los asistentes. Construyó varios castillos de pirotecnia al borde del río y dos vacalocas que asombraron a la audiencia. Los castillos consistían de palos altos de guadua conectados de varias maneras que mostraban una gran variedad de efectos pirotécnicos nunca antes vistos. Las vacalocas fueron fuente de mucho regocijo, especialmente entre la gente joven. Las vacalocas eran hechas de una estructura de guadua en forma de vaca con efectos pirotécnicos que se cargaban elevadas sobre los hombros y disparaban cargas de luces y explosiones con más sonido que peligro. Así llegaron amigos de la ciudad y muchos curiosos para ver este nuevo lugar en el día de su gran natalicio. La plaza mayor se iluminaba con cuatro grandes fogatas que Arcesio cargó con bolitas de pólvora negra que explotaban en chorros de color de manera inesperada. Sentado en una esquina, Pedro Nel no podía contener su dicha junto con varios torrentes de lágrimas que surcaban su piel de azabache. Pontus había nacido, pero llegaba ahora la labor de verlo crecer y protegerlo. Cómo se podría mantener esta comunidad creciendo sin problemas. Cómo mantener la alegría. El futuro bailaba como las frondas de los guayacanes tratando de seducir un cielo cubierto de estrellas. Hasta cuándo se podría bailar esta danza loca. Tal vez solo las estrellas lo sabían.

Once

Luego de la Navidad, Pontus se dedicó a tomar sus primeros pasos cultivando las huertas, organizando los hatos, estableciendo el mercado y asegurando que cada persona tuviese un oficio. También llegaron muchos desposeídos a pedir limosna o un pedazo de tierra. No tenían más tierra para ofrecer, pero sí trabajo en los hatos y las huertas, como también en construcción de casas y callejones, galpones, gallineros, establos, abrevaderos, lecherías, frutales, huertos de hortalizas y otros elementos. Se desarrolló un sistema de inquilinato por el cual se hospedaba a trabajadores foráneos en las casas recién construidas bajo la gracia y buena voluntad de sus propietarios. Era un arrendamiento a corto plazo mientras durase la necesidad por el trabajo. Pedro Nel también construyó unas casas para hospedaje cerca de la suya con el propósito de educar a otras comunidades y fomentar el desarrollo de poblaciones como Pontus por todo el territorio ahora ocupado por esclavos liberados a lo largo de la costa del Pacifico y el occidente del país. Desde Urabá hasta Tumaco existía una gran población de campesinos y esclavos liberados que estaba prácticamente abandonada y necesitaba un foco para el futuro otro que ser soldados a la fuerza o pobres hambrientos por causa de las guerras y la indolencia gubernamental.

Por encima de todo, se daba una gran necesidad por educación práctica y cívica. En otras ciudades no se concebía la necesidad de educar estas clases bajas más allá de poder leer y escribir de la manera más básica. El desarrollo de Pontus ofrecía una gran oportunidad didáctica a todo nivel, aunque en algunos lugares se veía como una rebelión sin sentido contra las normas sociales y políticas. Antes del final del siglo, que puede ser cualquier siglo, no se aceptaba que gente por debajo de la raza blanca y pura tuviese el privilegio de gobernarse o educarse. Las consignas de igualdad no eran tan inclusivas de cara a los estratos raciales y sociales. Desde los estratos blancos y tal vez pardos de la nación se veía al gobierno como un privilegio exclusivo. De los blancos y pardos para abajo quedaba solo la posibilidad de servir y ser invisible. Los de abajo no recibían el chasquido del látigo en carne propia pero sí lo sufrían con la disminución de oportunidades causadas por el racismo institucional que operaba como el entorno normal y corriente.

Desde su oficina, cubierto de flores, Octavio recordaba el trajín diario de su padre viajando en su bicicleta Raleigh con una canastilla de mimbre sobre el manubrio hasta la casa parroquial, regresando hacia el atardecer hasta Pontus. Era una ruta que hacía a diario con Valeriano. Al cabo de algún tiempo, Valeriano mudó su consultorio a Pontus en una casa al borde de la plaza mayor cerca de la iglesia. Pedro Nel siguió fiel a su servicio en la sacristía por muchos años. El hábito, tan arraigado en Pedro Nel, de leer constantemente lo llevaba a tener siempre material de lectura en la canastilla, que en muchas ocasiones lo distraía y varias veces le causó caer en las zanjas al lado de la carretera. Afortunadamente nada grave le pasó otro que manchas de barro y unas pocas contusiones que Valeriano sanaba con ungüentos o masajes.

El esfuerzo de pedalear hasta la ciudad y limpiar las naves y altares de la catedral a veces le causaba a Pedro Nel un poco de cansancio, que él subsanaba con una siesta breve en uno de los confesionarios, donde el silencio y la oscuridad lo arropaban y mantenían bastante invisible. Sucedió que una tarde, sentado en el confesionario, escuchó la plegaria de una mujer entrando por la ventanilla a su izquierda pidiendo perdón por actos de lujuria fuera del matrimonio. Pedro Nel no podía decir algo en medio de su enorme sorpresa y finalmente confirió una absolución con palabras de consejo y una penitencia de varias oraciones tal como lo vio hacer al párroco. Apenas la mujer contrita salió, y mientras Pedro Nel se alistaba a salir del confesionario, una voz masculina por la ventanilla a su derecha imploraba perdón por actos similares a los recientemente confesados por la mujer. Con más ecuanimidad, Pedro Nel le aconsejó al hombre arrepentimiento y corrección de conducta dándole una penitencia. Con mucho cuidado, Pedro Nel salió del confesionario unos momentos luego y pudo observar a una pareja caminando por la nave hacia la entrada, tomados de la mano como pecadores o amantes reconciliados. No le contó este incidente al párroco hasta muchos años después, cuando recibió una risotada como respuesta y una palmada en el hombro. Desde entonces decidió tomar su siesta en uno de los bancos en la parte más oscura del claustro. Así descubrió que el párroco hacía lo mismo.

En Pontus, casitas temporales de bahereque muy pronto se convirtieron en casas de ladrillo con techos de teja y ventanas de vidrio. Columnas de piedra con direcciones en placas de granito remplazaron las estacas que marcaban las propiedades. Pontus crecía a paso firme mientras a su alrededor aumentaba la miseria, paciente en la esperanza de alguna medida benéfica que era prometida a menudo pero que nunca parecía llegar. Con gran obstinación Pedro Nel predicaba independencia sobre todo en su comarca para preservar las ganancias que las libertades y oportunidades en Pontus proveían para todos sus residentes. Un gran número de dirigentes políticos llegaba a solicitar apoyo o lealtad a partidos con ofertas de varios beneficios potenciales. Pedro Nel siempre escuchó y siempre rechazó las ofertas, dado que a su manera de ver la tierra y su producto eran posesión de los residentes sin necesidad de asignatura a terceros. Todos los servicios eran proveídos dentro del convenio social que formaba la cooperativa de comunidad. Pontus era independiente en medidas extremas fuera de los conceptos clientelistas de los políticos. Mantener la independencia era una labor constante que Pedro Nel apoyaba con su énfasis en educación. Para él no podía haber libertad sin educación. Educación siendo un asunto voluntario, personal e independiente, en lugar de instrucción o entrenamiento, que representaban una imposición muy frecuentemente por encima de la voluntad. En esto Pedro Nel combinaba el pensamiento de Petion y Humboldt con los ideales de Bolívar. Pontus era en realidad un territorio libre en una posición colaborativa con otras comarcas igualmente libres siempre y cuando existiese un foco total en un bien común. Ese *Summun Bonum* introducido por Cicero, heredado de Aristóteles y articulado por Santo Tomás de Aquino.

El contraste era evidente y causaba consternación tanto en Santiago de Cali como en Bogotá. ¿Cómo era posible obtener tal transformación sin darle crédito a partidos políticos o terratenientes de alcurnia? ¿Por qué piensan estos esclavos que ellos pueden construir un sueño sin ayuda de las élites? Ellos parecían decir que un sueño solo puede ser un sueño cuando exista un motivo de ganancia al despertar. En Pontus, aquellos que soñaban podían dormir bien sin necesidad de substituir lo soñado por entelequias de apoderamiento. De manera característica algunos llamaron a esas entelequias como reformas que debieron más propiamente ser llamadas deformas porque eran emasculadas en su nacimiento por intereses personales de terratenientes, latifundistas y el clientelismo que emanaba del Estado como asunto normal y corriente. Cada reforma producía una guerra y cada guerra retrocedía el proceso de logro y de justicia. Así transpiraba la vida nacional mientras Pontus seguía flotando libremente, como el río hacia un encuentro de mayor dimensión que el espacio entre dos orillas. Había un océano ansioso de recibir esa agua que descendía de las cimas nevadas de la cordillera. Delfines y ballenas esperaban esa agua junto con los peces voladores y el reflejo de las estrellas en el Mar de los Sargazos. Pontus se tendía como un amante al lado del río somnoliento que descendía de los picos nevados y los valles alpinos envuelto en una niebla púrpura pinchada por lanzas de guadua y la algarabía de mil pájaros. El sueño del río no cabía en las almohadas de las élites.

Siguiendo el consejo de varios ganaderos, Pedro Nel compró doce vaquillas y un torito para empezar el hato lechero. Eran descendientes de ganado cebuino llegado de Brasil solo unos pocos años antes y eran buenos productores de leche y carne en regiones tropicales. Camilo y Juan Francisco mostraron mucho entusiasmo por la ganadería y fueron nombrados capataces del hato junto con Diomedes, cuyo interés estaba más enfocado en la salud y cultivo de forraje para alimentar las vacas. Al mismo tiempo, Pedro Nel escribió a varios ganaderos de Chile y Venezuela para invitarlos a visitar Pontus y compartir sus experiencias. Estos eran los expertos más cercanos que se podían conseguir. Con el tiempo se podrían invitar expertos de Brasil y Argentina, donde las disciplinas agropecuarias estaban más avanzadas. En las salas de varios ganaderos vecinos él divisó revistas agropecuarias en las cuales se discutían temas relacionados con el cuidado y alimentación del ganado lechero y la administración de hatos, junto con ilustraciones de equipo mecánico. Tanto con la ganadería como la agricultura en general, todo era asunto de educación para sacarle mejor provecho a la oportunidad. El desafío era grande pero la voluntad de los trece era enorme. En esos años iniciales era posible soñarlo todo, así como tratar de hacerlo. No existía espacio para errores.

Luego de la construcción de la escuela se empezó una campaña de alfabetización para cualquiera que lo deseara por toda la comarca. Era una enseñanza sobre lo más básico de lectura y escritura, junto con instrucción en mecánica, veterinaria y otros sistemas necesarios en la faena agropecuaria. A un nivel más avanzado se esperaba agregar estudios sobre geografía, historia, literatura, música y otras materias. El plan era llevar a la población hasta el nivel educativo más alto posible o deseable. La libertad y la posesión de tierra implicaba una responsabilidad que debía ejercitarse más arriba de lo que la escuela primaria podía ofrecer. A pesar de haber librado una guerra por control de la educación, el foco estatal había sido más por el control ideológico que el pedagógico. No existía un plan maestro de elevación intelectual y moral por encima de un conocimiento muy elemental y bastante viciado. Ignorancia con diploma permanecía solamente como ignorancia, sin embargo, siempre se levantaba el asunto de certificaciones y permisos como elemento primordial de la educación en la mente de la burocracia. El Departamento de Educación elevó una protesta, ayudado por el sindicato de maestros, para cerrar lo que consideraban como una escuela ilegal en Pontus. De acuerdo con sus pautas, la enseñanza tanto pública como privada debía conformarse a normas oficiales ejecutadas por docentes y administradores debidamente certificados. Para poder abrir una escuela se necesitaba hacer un inventario preliminar de población y necesidad, además de recibir la aprobación formal de la junta escolar y el visto bueno del sindicato de maestros. Pedro Nel estaba dedicado a ejercitar una libertad plena, sobre todo en lo que se refería a las actividades, de acuerdo con su entendimiento del entorno, la ley y la necesidad en su comunidad.

Así, la batalla contra el analfabetismo y la enseñanza primaria y secundaria se libró en Pontus bajo la dirección de Pedro Nel y su consejo municipal, quienes respondieron a la intervención de la secretaría con un contrato extendido a maestros idóneos de varias órdenes religiosas para trabajar bajo un currículo universal al estilo de otros países. Varios intelectuales locales ofrecieron modelos pedagógicos y curriculares de Chile y Argentina que fueron amoldados a las necesidades de Pontus y por mucha extensión años después contribuyeron a la formulación de un currículo nacional que arropaba todas las clases. Al menos esto es lo que dicen las historias en las gacetas oficiales. Pontus tenía control de la educación.

Doce

Diomedes llegó una mañana temprano para decirle a Pedro Nel que las vacas y el toro fueron descuartizadas durante la noche con machetazos en la nuca y en el vientre. No se podía deducir sin dificultad que se tratase de un acto de alguien enemigo de Pontus y Pedro Nel convocó a su cuadrilla al potrero con sus rifles para formar una persecución bajo la dirección de Mario con su capacidad de percibir gente a distancia.

Salieron a toda marcha siguiendo la trocha dejada por los culpables y hacia el mediodía los encontraron en un campamento cerca de Vijes, en la vía hacia La Cumbre, a varios kilómetros de Yumbo. Con la eficiencia ganada en la guerra, la cuadrilla pudo sorprender y capturar a los cinco cuatreros cuya sorpresa los mantuvo mudos por bastante rato. Luego de interrogarlos, Pedro Nel se dio cuenta de que eran parte de un ejército formado por un terrateniente en Tuluá, como parte de una guerrilla nacional, con fines de derrocar al Gobierno y establecer una nueva

República federal de acuerdo con las bases del constante conflicto sobre forma de gobierno que azotaba al país desde la independencia. Unos deseaban un sistema centralizado bajo un presidente plenipotenciario conservador, al estilo de la dictadura de Bolívar en Bolivia, mientras que otros impulsaban la idea de un gobierno federal liberal con amplia libertad de acción para cada estado, como lo había hecho Venezuela. Muchos permanecían en el medio buscando una forma ideal que combinase ambos sistemas.

Así, Pedro Nel y su cuadrilla marcharon a los cinco cautivos hasta la hacienda del terrateniente. Armados con rifles Springfield y Remington, capturados en los últimos días de la guerra y bandoleras repletas de cartuchos cruzadas sobre sus pechos, la cuadrilla proyectaba una imagen muy resoluta y feroz. Bien armada y con una experiencia superior en tiro por la práctica durante la guerra, la cuadrilla cruzó los potreros ante la mirada incrédula de campesinos y secuaces. Llegando a la casa mayor fueron recibidos por el terrateniente, quien en vista de la condición arguyó que sus hombres se habían equivocado y desobedecido órdenes. De acuerdo con él, todo era nada más que un malentendido o un chiste. Pedro Nel declaró que no le importaban los motivos pero quería insistir en restitución además de un acuerdo de nunca más merodear en los terrenos de Pontus o destruir sus propiedades. El terrateniente pretendió negociar la compensación con argumentos sobre su poder y misión de envergadura nacional, contrastada con un problema local, además de la superioridad numérica de su ejército. Ante la posición firme y resoluta de Pedro Nel y la cuadrilla, listos a entablar batalla inmediatamente, los instó entonces a escoger doce vacas y un toro del hato. Diomedes escogió y marcó el ganado con su navaja calentada en una fogata. Usando su caligrafía, Pedro Nel preparó un recibo formal en duplicado dando cuenta del parentesco del rebaño y el cambio de propiedad que hizo firmar por el terrateniente y varios testigos.

Al mediodía la cuadrilla empezó la marcha con el rebaño sobre el camino de Tuluá a Palmira que baja por el lado occidental del río Cauca. Luego de refrescarse en el río Guadalajara en las afueras de Buga y hacer un poco de cacería, el grupo se sentó a disfrutar de un asado de perdiz hacia el anochecer. Luego, la cuadrilla con el ganado caminó por la noche bajo la luz de la luna llena, llegando a Pontus al mediodía en medio de una recepción muy entusiasmada. La distancia entre Tuluá y Pontus era solo de sesenta kilómetros o cosa de quince horas a media marcha, pero el ganado trotaba a paso lento y no tenían necesidad de extenuarlo. Las vacas estaban en plena producción lechera y no muy entusiasmadas a trotar fuerte con ubres cargadas de leche, así que existía cierta urgencia de llegar al ordeñadero para aliviar la carga. La narrativa del episodio se extendió pronto por toda la vecindad y la ciudad con bastantes anotaciones o detalles que le dieron un carácter más episódico mientras Pedro Nel muy humildemente insistía en decir que fueron solamente a reclamar lo suyo. Así quedó establecida la inviolabilidad de Pontus por bastante tiempo y aumentó la estatura del carácter de Pedro Nel como líder efectivo y resoluto.

La ganancia de la restitución fue enorme pues

las nuevas vacas estaban cruzadas con ganado lechero de alta clase y estaban en plena producción por lo cual Diomedes, Camilo y Francisco se vieron forzados a mejorar sus habilidades de ordeño junto con distribución de leche. Sus esposas entusiásticamente se enrolaron como asistentes con Elvira, la esposa de Francisco, experimentando con la producción de queso fresco y kumis; mientras que Leonisa, esposa de Diomedes, se deleitaba en hacer manjarblanco. Carmelo cortó varios troncos de guadua y diseñó utensilios para envasar el manjarblanco mientras crecían los árboles de totumos en su patio que luego fueron utensilios propios para también empacar jalea de guayaba y de otras frutas. El mercado de Pontus se diversificaba de manera incremental, atrayendo un número cada vez mayor de clientes. El kumis se empacaba en tinajitas de barro con cubierta de lino amarrada al borde con bejuco de plátano. Aníbal tomaba tiempo de su sastrería para hacer las jarritas y cocinarlas en un horno de ladrillo y barro que Juan Francisco construyó. Tanto el kumis como el queso eran consecuencia de la falta de refrigeración para almacenar la leche, pero tenían una gran demanda y Elvira se esmeraba en establecer canales rápidos de distribución ya que el negocio de lechería requería bastante tiempo y esfuerzo para llevar los productos oportunamente a las lecherías de la ciudad y evitar contratiempos con otros productores. Al poco tiempo se formó una cooperativa lechera que guiaba la producción y abría renglones para el mercado de quesos y otros productos lácteos. Las jaleas y el manjarblanco se vendían en el mercado de Pontus y en algunas tiendas de la ciudad. Junto con la lechería, las conservas, los dulces y el mercado semanal fueron elevando el estado financiero de Pontus y se hizo necesario ampliar la caja de ahorros al lado de la plaza mayor donde los residentes empezaron a manejar las ganancias de sus labores.

Cada miembro de la cuadrilla fue instalado en la junta directiva de la caja de ahorros con Ezequiel, el hijo de Valeriano, como gerente ya que estaba en el cuarto año de bachillerato y tenía una aptitud encomiable para la contabilidad y la gerencia. Poco a poco se podía ver el desarrollo de una sucesión en Pontus de padres a hijos. No era por razón de incapacidad sino por la emergencia de nuevas capacidades. Así Pontus se sumergía en una vida normal y apacible derivando beneficios de paz y trabajo sin envidias o cóleras partidistas. El sueño de Pedro Nel, alimentado por tantas influencias y experiencias, se veía ahora en su forma más simple. Este era el despertar tan anhelado y felizmente logrado.

Trece

Octavio fue llamado así por su padre Pedro Nel por ser el octavo hijo. Tenía también el nombre de Augusto por ser el último y la exaltación de una paternidad planeada como una victoria sobre enfermedad y pobreza. Sus hermanos, excepto por Segundo, perecieron de paludismo o de variadas infecciones estomacales comunes en el área. Octavio era un punto final y triunfal a la labor procreativa luego de la jornada en la guerra. Pedro Nel sucumbió a los encantos femeninos que fueron tan extraños en Pubenza. Por apellido tenía el nombre de Ben Efraim que le había sido dado en la transferencia de los terrenos de Pontus. Conservaba en ello el prestigio imaginado de bisabuelos paternos y maternos en un pasado muy distante y bastante olvidado, excepto en tradiciones orales de los miembros más ancianos de la familia.

Pedro Nel fue un constante lector de la historia

de Roma y de sus filósofos y gobernantes. Tenía en una repisa los seis volúmenes de *The History of the Rise and Fall of the Roman Empire* por Edward Gibbon, bastante manoseada y anotada con papeles y cintas marcapáginas para destacar ciertos pasajes. Aprendió a leer inglés para poder leer la obra y se armó también de un diccionario español-inglés de lo más grande que se podía encontrar. Lentamente adquirió fluidez con un nivel alto de comprensión. La biblioteca regalada por el anciano en San Antonio tenía una versión en español que le ayudaba a contrastar significados. Mucha gente se admiraba de su esfuerzo y determinación a conquistar niveles considerados fuera de los límites para un esclavo. No podía hacer mucho para evitar las comparaciones aparte de seguir estudiando. Su deseo de aprender lo llevaba a cruzar sendas fronteras lingüísticas sin pensar mucho en las consecuencias. Como un adicto a la lectura, Pedro Nel solía pasar días enteros leyendo sin tener en cuenta los eventos de la vida diaria. La gente que lo rodeaba sabía de esto y lo dejaban rodeado de silencio y unos pocillos de café. Veían en él a un sabio líder para quien la lectura era una virtud muy grande que merecía un respeto supremo. Como se dijo antes, mientras servía como sacristán, Pedro Nel llevaba usualmente un libro abierto en su canastilla de la bicicleta cuando no estaba con Valeriano. En más de una ocasión perdió control y cayó en la zanja al lado de la carretera.

Para Pedro Nel el interés principal en la lectura era sencillamente la búsqueda de conocimiento en lugar de un deseo por pedantería. Leía para aprender y aprendía para servir. No tenía el deseo de elevarse sobre otros o hacer demostraciones de engreimiento personal. En la iglesia de Pubenza había aprendido latín bajo el cuidado de un misionero jesuita que se deleitaba en recitar a Juvenal, Ovidio y Virgilio durante sus visitas por la feligresía y en charlas con Pedro Nel. Debajo de su gran repisa Pedro Nel tenía una colección de autores latinos desde Cicerón a Boecio, incluyendo también a Marco Aurelio, Agustín, Lucrecio, Aquino y otros. La obra ética de Santo Tomás de Aquino enmarcaba su vida diaria y representaba el reto más grande que él podía encontrar en el país, la región y el mismo Pontus. Celebrar lo bueno, lo hermoso y lo verdadero parecía imposible cada día, pero Pedro Nel siempre buscaba esa línea ética, tal vez inalcanzable, como propósito de vida. No era asunto de religión sino de vida práctica a pesar de los consejos e insistencias teológicas marginales o marginizantes. El jesuita en Pubenza admiraba que al borde de lo que se consideraba como la selva salvaje en un lugar aún remoto de los canales formales de conocimiento y estudio se encontraba un hijo de esclavos amante de una civilización tan avanzada como la romana. Pensaba a veces que en Pedro Nel se podría ver una versión criolla de ese Aníbal de Cartago entre los guadales y pantanos, tal vez listo para cruzar los Andes y conquistar la Gran Colombia. Pedro Nel no tenía tal ambición. Era un hombre sencillo viviendo del fruto de la tierra y nada más. Después del fin de la guerra y la donación de tierras, su pasión era simplemente leer y pasear por el borde de las cañadas que vertían sobre el río.

El trabajo en la sacristía tomaba tiempo, pero él también cuidaba de un platanal y un frutal de naranjos, mangos y guayaba coronilla que le daban material para vender en los días de mercado. Producía guayabas coronilla del tamaño de un puño que eran muy apetecidas y demandaban un buen precio. En días de fiesta hacía una o dos tinajas grandes llenas de limonada de guayaba coronilla que se vendía muy rápidamente a pesar de esa acidez casi dulce que cortaba la garganta pero refrescaba de manera exótica. Era uno de esos sabores que solo se pueden encontrar en los trópicos. A pesar de su posición de liderazgo prefería vestirse de manera común y corriente, excepto en ocasiones formales, cuando exhibía su preferencia por trajes de lino blanco. Siempre andaba descalzo, con pantalones blancos enrollados a mitad de la pierna y camisa de cualquier color, manchada a menudo por la savia de los plátanos. Tenía una carreta con dos ruedas de hierro que cubrió con tiras de caucho amarradas con alambre que daban un chirrido del otro mundo por falta de grasa. Carmelo, el alpargatero, le suplicaba a menudo que le permitiese engrasar los ejes y cubrir las ruedas con mejor material. Al cabo de un tiempo, Carmelo le construyó una carreta con balineras selladas que cambiaron el chirrido por un gemido mecánico muy leve para delicia de todos. De vez en cuando Pedro Nel tiraba su atarraya sobre el río y aumentaba su dieta y economía con bagre, sardinas y bocachico. Nunca se casó pero tuvo varias amantes, entre las cuales su favorita era Betsabé, la madre de Octavio y Segundo. Betsabé le lavaba la ropa, respondía a sus deseos y le preparaba el almuerzo, lo cual hizo aún en el día del parto de su último hijo, cuando murió por excesivo derrame de sangre y la falta de una comadre partera mejor entrenada en partos incumplidos o torcidos. Con la ayuda de su prima Nicanora haciendo de nodriza, Pedro Nel cuidó de Octavio y Segundo hasta que llegó el tiempo de inscribirlos en la escuela primaria que, con ayuda del párroco, ahora obispo, había construido bajo una enramada al lado de la plaza en Pontus y que el párroco esperaba hacer funcionar como centro de evangelización e instrucción mucho antes de la llegada de Camila y sus vaivenes. De alguna manera el obispo veía en esta comarca aislada una versión de las misiones jesuitas del Paraguay que podría surgir como una comunidad autosuficiente y devota; bien instruida con técnicas de agricultura, construcción, artesanía y formación moral, donde los nietos de esclavos africanos podrían remontar su condición bárbara y animista para elevarse en la ciudadanía de una República napoleónica y cristianizada como Dios manda. Bajo esa esperanza, Octavio, como una copia fiel de su padre, creció bajo los augurios y disciplinas de las hermanas de la caridad llegando a dominar Latín, Geometría, Historia. Geografía, Gramática, Retórica y Matemáticas para orgullo de Pedro Nel, que se ufanaba de los éxitos académicos de su octavo hijo mientras que su otro hijo sobreviviente, Segundo, se deleitaba en pescar, nadar y vender fruta, además de romancear las doncellas locales con mayor entusiasmo que su padre. En un tamarindo alto detrás de su choza tenía grabados los nombres de sus conquistas, como en un salón de la fama, al punto que muchas hembras añoraban con tener sus nombres grabados allí y se entregaban entusiasmadas en su lecho a raíz de sus insinuaciones amorosas. Segundo tenía su rebaño de ovejitas negras entre los guadales y pantanales de la comarca. Por fortuna nunca preñó a ninguna pues una patada de un burro en sus partes íntimas le quitó la fertilidad. Tal vez el efecto de la patada fue el desarrollo de una capacidad seductora sin límites y la dimensión aumentada de su pene, que a lo mejor era un desafío que las doncellas locales estaban muy listas a tomar.

Catorce

La mañana de la celebración del grado de bachiller de Octavio empezó cubierta por un enorme aguacero que forzó a realizar la ceremonia en la estrecha capilla en lugar de la plaza mayor. La capilla había empezado como un galpón con columnas de ladrillo y techo de lata corrugada pero pasado el tiempo recibió paredes de ladrillo y enlucimiento con una mezcla de cemento, arena y yeso que le daba un tono grisáceo a las paredes. Los obreros las terminaron con movimientos circulares que les daban una textura muy especial. Las ventanas cubiertas con anjeo para evitar mosquitos y moscas se volvieron vitrales un poco más tarde, cuando Pedro Nel y Valeriano encontraron el taller de un viejo italiano deseoso de mostrar su arte. La luz del sol penetraba por las ventanas y se mezclaba durante las celebraciones con el humo del incensario para darle al entorno un aspecto nebuloso y casi supernatural con trazos multicolores de luz filtrando entre el humo. De lámparas de gasolina, la iluminación del recinto avanzó a un alumbrado eléctrico apoyado por un generador de diésel o ACPM (aceite combustible para motores), como se le conocía en la charla popular. Siempre existía el conflicto entre el olor del combustible y las velas de cera que se resolvía con un aumento en la quema de incienso y el aroma de las flores. El techo de lata no se cambió por muchos años, lo cual hacía resonar el interior como un gran tambor durante lluvias y tormentas, para deleite de los feligreses aburridos por los sermones con frecuencia largos y bastante redundantes. El miedo de cometer errores teológicos forzaba a los predicadores a mantenerse de manera obsesiva por la mitad del camino interpretativo de la Escritura con un comentario repleto de abstracciones muy alejadas de la vida diaria de los feligreses. Cada sermón parecía tener el mismo contenido con la misma exhortación a la vida de pureza y el mantenimiento de la Iglesia, pero no conectaba con la vida real. No era necesario prestar atención o tomar notas. No existía en ellos creatividad o emoción posible. Algunos misioneros intentaron darle un aspecto más común al mensaje del evangelio solo para encontrar censura por parte del obispo o sus superiores, además de algunos feligreses amantes de la charla abstracta que pasaba por teología profunda. El objeto directo de los oficios religiosos permanecía clavado por encima del altar diciendo poco o nada sobre estos asuntos ya que estaba sentado bien lejos a la diestra de Dios Padre y bastante alejado de esas imágenes sangrantes de los cuadritos del vía crucis. Es bueno saber que además de los servicios de culto, la capilla servía de centro médico durante la semana. El obispo de Cali logró convencer a las hermanas de la caridad del Hospital de San Juan de Dios en Cali de usar la capilla y velar por la salud de la comarca, además de entrenar a jovencitas y novicias como enfermeras para darles un oficio de trascendencia y utilidad.

A pesar de su nombre y posición, la plaza mayor no era entonces más que un lote cubierto de gravilla y arena donde se celebraban las fiestas cívicas y religiosas. Pedro Nel rehusaba pavimentarlo y junto con unos primos lo mantenía limpio barriéndolo con escobas de ramas y un rastrillo que facilitaba la delineación de texturas en los días de mercado o de fiesta. Pronto plantaron samanes a lo largo de la carretera y acacias alrededor de la plaza. Los árboles crecieron muy rápido y fueron adornados con luces de colores. Por el espacio de dos kilómetros el efecto de este dosel iluminado alegraba la noche y marcaba a Pontus como un lugar especial. Sobre la arena de la plaza Pedro Nel hacía ondas con un rastrillo como olas o grupos de huellas rectilíneas que creaban referencias a texturas de playas o montañas. Pasados los años, la plaza fue escenario apropiado para bailes dominicales con orquestas y conjuntos de otros lugares. Exudaba Pontus un espíritu de celebración que se desbordaba hacia las comunidades vecinas y atraía visitantes y curiosos, además de clientes para el mercado y otros productos. Pontus era en realidad una villa feliz con trabajo para todos sus habitantes y una fe cívica que promovía y celebraba buenos logros.

Por encima de todo, el placer de cada uno se sumaba al placer de todos para crear un ritmo poderoso de contentamiento o felicidad comunal. Para el día de grado Arcesio había fabricado cohetes ("cuetes" en el argot popular) con la potencia de granadas. Pedro Nel se deleitó en lanzarlos a manera de anunciar la fiesta, asustando a los perros y alborotando a los pericos en los guaduales con su trueno resonante y alto. Ese día de grado la plaza recibió un rastreo muy esmerado que fue disturbado por la lluvia y el vendaval. La tormenta empezó temprano y los graduandos corrieron bajo sus paraguas negros, arremangándose los pantalones y evitando charquillos y barro para encontrar refugio en la capilla. Hubo que cancelar el solemne desfile de graduados a través de la plaza vestidos con trajes nuevos de lino blanco cosidos por Aníbal y su mujer. La marcha triunfal se redujo a una procesión nerviosa por la nave central de la capilla. Rodolfo tenía compuestas varias canciones y un tema de grado que él tocó en la guitarra, acompañado por Luis en tiple. Por ser la primera gran ocasión de la comunidad todo el entorno estaba preñado de ansiedad y expectativa. La voz tenor de Luis sorprendió y deleitó a la audiencia que empezó a relajarse y gozar de la ceremonia con menos temor. Nadie sabía que existía ese talento en Pontus. Desde entonces el dueto de Rodolfo y Luis fue requerido en veladas y tertulias tanto en Pontus como en Santiago de Cali y hasta Buga, Palmira y Candelaria.

De los patios se recogieron flores de todos los colores y tonalidades que sirvieron para decorar la capilla. Lirios y alelíes, junto con rosas, mirtos, montenegros, azucenas y azaleas cubrían los lados y el altar como nunca antes se hizo. Cada graduado recibió un manojo de rosas y lirios blancos atado con cintas de colores diseñado por Maruja, la esposa de Mario, el tejedor de atarrayas. Los doce graduandos recibieron sus diplomas inscritos con caligrafía en pergamino por Pedro Nel luego de una bendición por el obispo y palabras de congratulación por el gobernador del Cauca que, asombrado por la evolución de Pontus, decidió investigar más a fondo esta comunidad usando la excusa del grado. Todavía existía un aire de incredulidad acerca del progreso y el funcionamiento de Pontus. Era imposible creer que un grupo de esclavos que todos juzgaban no ser más que bestias podían gobernarse sin amo o látigo para llevar vidas productivas y pacíficas. También bullía recelo por el poder potencial de esta comunidad en el ámbito político y económico. ¿Cuál era su dirección política y a quién apoyaban? ¿Dónde estaban los enlaces? ¿De quién dependían? ¿A quién respetaban y por debajo de quién estaban? El número de preguntas flotaba sin respuesta creando más preguntas. No era posible ver a casi doscientos esclavos e hijos de esclavos viviendo totalmente independientes y autosuficientes. Estas preguntas circulaban en la mente del gobernador y otros todavía envueltos en acciones de guerra y luchas por poder en el puente tendido entre dos siglos y en medio de una larga guerra nacional sobre opiniones de gobierno en un país a la deriva por más de cien años. Federalistas y centralistas discutieron a lo largo del siglo XIX por fuerza de armas los beneficios de sus sistemas tanto como el dominio político del país y la formación moral de la ciudadanía. Ninguno logró convencer al otro y miles yacían sin ser convencidos bajo el musgo y la hojarasca de los cementerios y en los páramos cubiertos de frailejón y escarcha. No se tenía en cuenta la opinión de los muertos, los heridos y los abandonados. Por cada muerto había por lo menos una viuda y un huérfano. Una choza abandonada y un oficio sin dueño. Así, en medio de todo, Pontus se podía ver como un paréntesis de paz y progreso. La graduación de doce alumnos representaba una nueva realidad repleta de esperanza. Los padres sabían bien de dónde vinieron y los graduados no se percataban aún del horizonte que los esperaba. El río seguía fluyendo y los titiríbíes y cucaracheros continuaban cantando en los jardines de la comarca mientras las garzas volaban elegantes y perezosas sobre las lagunas. El aire olía a guayaba y chirimoya. Alguien estaba cociendo envueltos de choclo y una ternera tendida sobre las brasas dejaba escapar su adobo de cebolla, vinagre, ajo, ají y pimienta. Era un día enmarcado para el recuerdo.

Para finalizar la ceremonia, Pedro Nel, ya entrando en la media edad, o sea los cincuenta, les recordó a los graduandos y a la audiencia el esfuerzo de su cuadrilla durante la Guerra del '76, los eventos que llevaron a la fundación de Pontus y la historia de la comunidad desde entonces. Era su manera de mostrar orgullo por todo, recordar a todos sus orígenes y eliminar de manera indirecta la neblina intelectual y política que todavía reinaba sobre Pontus. Al final se tomaron fotografías y se abrazaron con la emoción de haber culminado una etapa muy importante. La lluvia cesó y la multitud se mudó a la plaza mayor para un asado de ternera con su acompañamiento de comida, música, y emoción. Una generación por fin llegaba en lo académico más allá de sus padres, pero faltaba saber todavía la medida de su coraje. Esta era en realidad la primera generación de Pontus y le correspondía buscar una definición más exacta de la realidad presente y futura de una villita al borde de un gran río y cerca de una gran ciudad también en proceso de definición. Pedro Nel y su cuadrilla, sentados sobre el dique al borde del río, dejaban flotar su orgullo sobre vasos de champús, trozos de ternera y tragos de aguardiente fresco, destilado por Juan Francisco de caña local. La jornada había sido larga y bastante dura pero la felicidad y el orgullo eran enormes. Más que una graduación, esta era una marca significativa. Un evento definitivo.

Quince

Hacia la media tarde llegó un grupo de soldados a caballo con un destacamento de infantería encabezado por el terrateniente de Tuluá, quien luego de platicar con la cuadrilla de Pedro Nel, sentada en el dique, y tomarse unos tragos, se paró sobre el muro para incitar a todos los hombres, y especialmente a los nuevos graduados, a unirse a su ejército y marchar hacia Popayán para derrotar al ejército nacional, y de allí hasta Ipiales. Habló con emoción de victorias en Los Obispos, Peralonso y Tumaco. Todo parecía indicar una inminente victoria liberal, aparentemente para bien de la mayoría. Un silencio obtuso cubrió la plaza ante la negativa o la indiferencia de todos. Hasta los pericos en los guaduales guardaron silencio. El atractivo de pelear en una guerra no existía en Pontus. No era asunto pacifista sino una expresión de estar desconectados de luchas partidistas sin provecho. Pontus no estaba ligado a ese tira-tira de la vida política nacional. Su atención estaba enfocada en lo propio. Lo suyo, como esos *suyos* de los incas en el gran Tahuantinsuyo.

Luego de un poco, el terrateniente con su ejército marchó hacia Popayán seguidos de casi quinientos hombres de infantería reclutados de Buga, Palmira, Candelaria y Tuluá. Pedro Nel y su cuadrilla se levantaron y les dieron un saludo militar además de mochilas repletas de comida. Muchos en la audiencia articularon un «vaya con Dios» muy sentido y algunas oraciones para protección. Existía una unidad humana a pesar de todo.

Casi a un mes luego de su paso por Pontus, el destacamento del ejército liberal regresó destrozado de Popayán habiendo sido derrotado categóricamente en varias localidades por el ejército nacional ayudado por las incitaciones del obispo de Pasto, para quien los liberales representaban opciones no muy agradables contrarias a las enseñanzas de la Iglesia. Era nada más que la eterna contienda sobre poder y control que descendía desde antes del Renacimiento y se localizaba en varias partes del territorio bajo el auge de esfuerzos por libertad intelectual y gobiernos representativos. De los quinientos hombres de infantería solo retornaron doscientos soldados junto con cien heridos o maltrechos. Menos de la mitad de los jinetes regresaron, y varios compartían caballo. El terrateniente estaba herido en la cadera y un brazo, además de su espíritu. La imagen de una derrota enorme llenaba la plaza donde Pedro Nel y su cuadrilla les hicieron campamento; y con las enfermeras y esposas les prestaron atención médica y alimenticia.

En medio de la fiebre causada por sus heridas,

el terrateniente lamentaba la pérdida de su hacienda, pero pronto descubrió que Pedro Nel con la ayuda de su cuadrilla había protegido la casa y el hato para prevenir saqueo y toma. Con ese simple acto de coraje y buena vecindad se establecieron lazos fuertes de amistad entre los dos hombres y sus comunidades.

La guerra continuó por un año más hacia el oriente y norte del país. Nada se definió y parece que toda la faena bélica terminó, por aburrimiento y falta de definición, en un barco cerca de Panamá. Fue una guerra reconocida por su longitud más que su profundidad. Duró más de lo previsto y causó más miseria de la esperada. Así se convirtió en la más grande de todas las guerras. Antes de firmar el armisticio quedaban pedazos de violencia por usar, hubo otra campaña por el valle del Cauca y el Cauca Grande, entre Popayán y Ecuador, que no prosperó por falta de fuerza militar y voluntad guerrera. El cuidado de los hatos y las familias se volvió más importante que las acciones bélicas y políticas.

Luego de muchas negociaciones, se firmaron los armisticios y tratados de costumbre con el consecuente legado de miseria y pobreza. Superficialmente, la paz empezó a reinar sobre el valle y el país, excepto por ciertas regiones donde caudillos y sus secuaces continuaban sus misiones de venganza y matanza. Es muy difícil abandonar inclinaciones bélicas muy arraigadas y nunca desinfectadas como sicópatas sin freno. Como la mancha de savia de plátano en las camisas de Pedro Nel, las conciencias de muchos contrincantes estaban marcadas, o casi tatuadas, con el tizne indeleble del odio. De alguna manera, de guerra formal el país tomó la ruta de violencia intensa y esporádica ejecutada por bandas locales subscritas a uno u otro partido con un nivel elevado de salvajismo y un propósito enajenado de eliminar cualquier oposición sin consideración de ninguna clase. Ya no era el asunto de un encuentro formal entre partidarios sino de una carnicería sin límites por el puro placer de exterminar a presuntos enemigos y bandos cada vez más difíciles de identificar. Nadie había aprendido nada durante el siglo XIX y parecía que el siglo XX repasaba las mismas lecciones sin opción de obtener un grado para promoción al siguiente nivel. El país parecía rechazar la invitación a una vida civilizada para todos. La violencia, como las Furias de la caja de Pandora, se desbocó por todas partes mientras Pedro Nel en Pontus trataba de mantener y proteger los logros alcanzados en su tierra de ensueño. Mantener la paz y la cordura demandaban tanto sabiduría como entereza.

Dieciséis

En medio de todos los eventos debe recordarse el papel de la mujer que, por amor o defensa propia, se unió a la cuadrilla de Pedro Nel desde una lejanía prudente y formó un hogar donde se recobraba el sentido común y aún se sanaban las heridas físicas y mentales. En el rancho y la cocina, más que en el aposento, se libró la lucha por domesticidad que, de últimas, apoyaría el desarrollo económico de la comunidad. Tenían nombres simples sin pretenciones: María, Leonor, Luisa, Antonia, Bárbara, Tomasa, Josefa, Leonilde, y muchas más que no vale mencionar a no ser por el simple hecho de que sin ellas los hogares estarían desiertos y los hombres incompletos con sus temores. Junto con estas mujeres que se convirtieron en esposas o amantes llegaron también hembras desechas y maltrechas por las guerras que tornaron de sus violaciones al negocio carnal. Mujeres exhaustas negociando lo último que tenían. Pedro Nel, la cuadrilla y las mujeres las acogieron como hermanas heridas en un conflicto y les dieron oportunidad de integrarse a la comunidad y ejercitar su profesión (si así lo deseaban) en condiciones saludables y protegidas. Estaban Julia y Natividad, por ejemplo, que habían sido capturadas por el ejército nacional en el Tolima y mantenidas para el placer de las tropas desde Ibagué hasta Manizales, donde pudieron escapar y ser encontradas por Pedro Nel y su cuadrilla cerca de La Paila abajo de Zarzal durante esas jornadas de protección al hato del terrateniente de Tuluá.

Julia era más joven, con sus treinta años, y era preferida por la tropa que la demandaba más de treinta veces al día y la noche. Natividad andaba por alrededor de sus cincuenta años, había tenido diez hijos y su vagina estaba muy relajada para proveer placer luego de servir a dos o tres hombres, pero su experiencia e ingenuidad aumentaba el valor del acto. Parecía que la guerra se peleaba más arduamente en las alcobas que en los pastizales. Con Pedro Nel ninguna tuvo que ofrecer servicios sexuales ya que los integrantes de la cuadrilla estaban emparejados desde antes de la guerra y Pedro Nel mantenía un estricto orden de respeto entre todos que incluía la prohibición severa de relaciones sexuales forzadas. Más que tolerancia, el cuidado tierno de estas mujeres representaba un acto de humanidad y entereza personal y comunal. Natividad sirvió de nodriza y partera, mostrando mucho cariño por las mujeres jóvenes y un cierto poder institutriz con adolescentes en sus primeras exploraciones sexuales. En una mesita al lado de la cama mantenía una jarra de vidrio con un fríjol por cada macho virgen bajo sus cuidados. Los invitados sentían un cierto orgullo en pasar una tarde o una noche en su casita. Julia era más esquiva y se ocultaba entre las mujeres ayudando en la cocina y prestando servicios sexuales solamente durante la noche de una manera formal y casi sin emoción. Parecía que su alma se separaba del cuerpo que se volvía solo un receptáculo del ardor de otros. Para ella el sexo era un asunto financiero y nada más. No era asunto de amor o ternura. Era nada más que un negocio plena y sencillamente. Por su cuerpo bien formado y una cara atractiva, Julia era objeto frecuente de esfuerzos de conquista. Se aceitaba el cuerpo con aceite de coco de pies a cabeza, usaba perfume de esencia de rosas y se vestía con una bata blanca que colgando de sus espaldas hasta los tobillos dejaba percibir la firmeza de sus caderas y pechos. Caminando por la plaza mayor, su paso evocaba placer y capturaba clientes que empezaban a llegar desde Tuluá, Santiago de Cali y otras comarcas. Insistía en ser pagada con moneda de oro que depositaba en una bolsa de cuero colgada de la cabecera de su cama. Casi al año de estar en Pontus, Julia tomó un caballo y se marchó hacia el Tolima por la trocha que llegaba sobre la cordillera Central desde Florida y La Palmera hasta Chaparral, y de allí a Cajamarca al oeste de Ibagué, donde aún estaba su choza con las sepulturas de su marido e hijo descuartizados en su presencia por el ejército nacional en esa guerra grande y larga entre los dos siglos. Con sus propias manos Julia reparó la choza con bahareque, arcilla y techo de palma seca. Construyó también varias sillas de mimbre con ramas de sauce y se sentaba en una de ellas a mirar el horizonte como esperando que alguien llegase desde Medellín o Manizales o tal vez de Urabá. El río Toche saltaba caprichoso cerca de la choza antes de desplomarse sobre los chorros y cataratas que lo llevarían al Magdalena. El caballo regresó por sí mismo a Pontus, donde Valeriano lo desensilló y dejó descansar por unos días antes de montarlo para regresar a la finquita de Julia. Allí la encontró sentada en una silla, momificada y desnuda, con los ojos abiertos como conversando con alguien. El viento cantaba un réquiem lento entre los sauces. La enterró al lado de las dos sepulturas, dejando las sillas y la choza tal como estaban. Quedaban varios gualandayes como testigos tirando flores púrpuras como un homenaje. Dicen que hay noches sin luna cuando su sepultura arde y un olor a rosas llena el aire. Los sectarios, criminales y violentos evitan pasar por estos oscuros y amedrentantes locales al borde del río Toche por temor de la leyenda y tal vez respeto a la realidad. Era en este y lugares similares donde se sacrificaron campesinos y esclavos para provecho de empresas partidistas incomprensibles y crueles. Cada choza quemada con su pequeño cementerio quedaba como un monumento a la inocencia de sus habitantes y la maldad de los líderes transferida a sus secuaces. El país entero se encontraba repleto de estos monumentos sin lápida alguna donde los inocentes esperan la resurrección y la justicia.

En Pontus quedó la bolsa de cuero con casi tres libras de monedas de oro que Octavio dedicó a la escuela a nombre de Julia. Pontus la recordaba con afecto y muchas mujeres se vistieron a su manera, con batas largas de tela suave, sin ropa interior, que dejaban imaginar cuerpos vibrantes bajo la tela y creaban un ambiente con bordes de erotismo que causaba un poco de revuelo entre los visitantes al mercado y las tabernas. Como las mujeres de Pontus no cruzaban sus piernas y afeitaban todo el cuerpo era posible imaginar más de lo prudente y asumir lo que no era permisible. Pedro Nel veía en estos vaivenes un eco de la corriente del río flotando carnal y coquetamente por la comunidad; y en las muestras inocentes de sexualidad, una manifestación de verdadera libertad y poder. Para frustración de los visitantes masculinos más audaces, la apariencia de ligereza sexual no se consumaba en emparejamientos libres. Las mujeres de Pontus vivían fieles a sus esposos y amantes mientras gozaban de libertad para exhibir sus cualidades de hembras inocentemente y sin temor. La tensión sexual hacía de buen tema para las prédicas del párroco, aunque algunos pensaban que él se deleitaba en el oleaje casi como un camarón a la deriva enamorado de la sal del mar.

Diecisiete

Con su graduación ya completa, Octavio encaraba ahora la necesidad de continuar sus estudios. Atraído a la jurisprudencia y la historia romana, solicitó admisión a la Universidad del Cauca en Popayán, donde fue aceptado con un poco de reluctancia por ser negro y, en la opinión del decano, no tener la posibilidad de ejercer una profesión blanca, cuando se reunió con él para preparar y aprobar su curso de estudios. Después de todo, Octavio era uno de los primeros negros calificados para ingreso a lo que fue hasta entonces un bastión para las élites blancas regionales. Su dominio del latín era muy loable pero no tenían un profesor de historia romana con conocimiento suficiente para una tutoría al nivel requerido por Octavio. Mientras él contemplaba qué pasos a seguir le llegó una nota de la embajada de Italia en Bogotá solicitando su presencia para discutir sus horizontes educativos. Con mucha sorpresa y gran inquietud, Octavio subió hasta Bogotá para recibir noticias de una beca otorgada por la Universidad de Bologna por gracia de su ensayo en latín sobre Petrarca y la formación de la lengua italiana que fue su tesis de grado y que Pedro Nel envió a la embajada más por mostrar con orgullo el trabajo de su hijo que para pedir ayuda. El párroco de Cali también escribió una carta de apoyo pensando que Italia sería un destino muy apropiado para este joven de gran potencial académico. En Bologna había oportunidad para Octavio de estudiar jurisprudencia y hacer un estudio más profundo del latín y la historia romana antigua en una de las universidades más vetustas y prestigiosas del mundo. Por encima de todo, la universidad fue fundada en 1088 como la primera de su clase en el mundo (o al menos en Europa) y desde entonces se irguió como un actor importante en el cruce crítico de Teología y Jurisprudencia.

Con la ayuda entusiasta de Pedro Nel, Octavio preparó viaje hacia Italia, decidiendo ir por barco mercante desde Buenaventura, gracias a una amistad que Pedro Nel tenía con varios marineros de la Grace Line, que operaba desde Callao, en Perú, llevando guano a los Estados Unidos.

Así se embarcó en Buenaventura con rumbo a Colón y Nueva York, donde tomó el crucero Italia para Genoa de donde saldría por tierra a Livorno, Pisa, Lucca, Florencia y llegar por fin a Bologna luego de cruzar los Apeninos. A falta del canal en Panamá, la transición entre el Pacífico y el Atlántico se hacía por tierra en un ferrocarril que cruzaba el istmo. Era un viaje de treinta días, del que Octavio sacó provecho para pulir sus conocimientos de italiano y pasar unos días de turista en Nueva York.

Pedro Nel estaba muy emocionado por el viaje de su hijo a lo que parecía ser el fin del mundo al final de una guerra mundial. Sin embargo, confiaba en el carácter de su hijo y la educación recibida en Pontus bajo la tutoría de las hermanas de la caridad y los hermanos maristas, quienes ampliaron la capacidad docente de la escuela luego de las gestiones de Pedro Nel para mantener la independencia de la enseñanza ante la censura de la secretaría de Educación y el sindicato de maestros.

Por su relación con los marineros de la Grace Line, Pedro Nel tenía mucha confianza acerca de la seguridad del viaje y las atenciones que Octavio iba a recibir, incluso el contacto propiciado por ellos con el crucero Italia donde veían a Octavio como un gran intelectual digno del más esmerado trato sin pensar en el color de su piel. Todo parecía ir bien y fue mejor luego de una partida de cartas donde Pedro Nel se ganó una pareja de mastines italianos con cuatro cachorritos recién nacidos. Los mastines de raza cane corso tenían una altura de casi un metro a las espaldas y una cara feroz arrugada que inspiraba temor a desconocidos, pero mostraba gran fidelidad para sus amos y una seguridad propia que no daba cabo para molestarlos o maltratarlos. Durante la partida, los cachorros jugaban a los pies de Pedro Nel mordiendo sus zapatos y el borde de sus pantalones. Pedro Nel se encantó con ellos acariciando también a los padres que eran más reservados. Estos eran perros serios, bastante parecidos a los que los conquistadores españoles llevaron en sus marchas guerreras, tanto en Europa como en las Américas. Tenían grandes mandíbulas con las cuales quebraban huesos o servían de tenazas para agarrar piernas. Eran apacibles excepto cuando mandados a ser temibles. Con esta clase y tamaño de perros Cortés conquistó a los aztecas y toltecas, cuyos chihuahuas eran buena comida pero pobres defensores. Tal vez Leoncico de Balboa fue de la estirpe y talla de los mastines. Con sus perros y mucho orgullo, Pedro Nel regresó a Pontus y compartió los cachorros con Valeriano, Diomedes, Mario y Lucas que podrían usarlos en cacería o en excursiones campales, guardando los mastines mayores para su casa al borde de la plaza mayor. Con el tiempo los perros se volvieron los guardianes de la comunidad, paseándose perezosamente por los callejones, ayudando a mover las vacas hacia los establos, arreando cerdos y cabras, investigando ruidos extraños por la noche, aullando a las sombras de la luna en los guadales y tomando sus siestas en la plaza mayor sobre el dique. Era indudable que conocían a todos los residentes y se mantenían celosos de extraños. Su presencia era más temible por las noches dado su color oscuro y el sigilo de sus pasos. Fueron entrenados a obedecer fielmente los llamados de sus amos y no morder sino atrapar con su mandíbula esperando una orden de soltar a la víctima. Esta cualidad los hacía notables. Una vez que Pedro Nel estaba fuera de su casa, entraron dos hombres al atardecer con fines de robar algo y fueron atrapados por los perros por dos días hasta su regreso. Uno de los hombres se desmayó cuando Pedro Nel le quitó el perro de encima y el otro tenía mojados los pantalones con su orina. Los mastines los habían subyugado a uno de los pies y al otro de la nuca sin herirlos. Ambos hombres estuvieron paralizados con gran pánico e incapaces de gritar para pedir ayuda. La leyenda de los perros creció para la seguridad de la comunidad y la dicha muy interna de Pedro Nel. Por virtud de la biología, el número de perros aumentó y fueron muy deseados en Santiago de Cali, Palmira y hasta Tuluá. La ola de saqueos por el área de Pontus, Buga y Palmira cesó.

Sin embargo, los perros no podían prevenir el paso de esos grupos armados de guerrilla que habían resultado del fracaso de tanta guerra y la consecuente crisis económica y moral que envolvía a la nación. Grupos armados sin otro objetivo que matar a supuestos enemigos brotaban por todo el territorio buscando venganza por oprobios reales o imaginarios. Algunos se ordenaron bajo organizaciones de carácter paramilitar y empezaron a ejercer dominios territoriales con secuestros, ataques y matanzas a comunidades y cuarteles, creando un clima feudal que paralizaba la vida comercial y personal de regiones enteras. Por el efecto de las montañas, el país se dividía en regiones pequeñas donde se podía ejercer un dominio territorial efectivo y prevenir incursiones indeseables. Cada región tenía su acento y costumbres que contrastaban unas contra otras, dando causa para conflictos tanto como para protección. El dominio de territorio permitía la seguridad de operaciones ilegales en el campo y las ciudades, como la manufactura de armas y drogas, que empezaron a dar buenas ganancias.

El negocio de producir y transportar droga se aumentó con la capacidad de hacerlo sin la prisa debida a interferencia policial. La efectividad de la policía local o nacional se encontraba neutralizada por la falta de profesionalismo, pobre entrenamiento y la baja remuneración en esa fuerza pública. Al otro lado, los líderes políticos de la nación estaban muy ocupados con sus luchas internas y cofradías de interés personal como para prestar atención al problema de las guerrillas o el tráfico de drogas y estupefacientes. Muchos laboratorios clandestinos se instalaron en lo profundo de la selva, junto a las cabeceras de los ríos y grandes campamentos se construyeron para apoyar la labor de los guerrilleros con cuidados médicos, alimenticios y físicos. Se conformaba así un país como un sancocho mal preparado donde cada componente trabajaba por sí solo en un drama sin propósito entre la guerrilla, el pueblo y el Gobierno. Miles perecieron en el campo y en las ciudades a causa de ejecuciones entre carteles y cuadrillas por dominio de mercados. Lo más cierto era que gran cantidad de dinero y munición transitaba bajo la sombra de la selva para apoyar una guerra de oficio con ideales heredados de otras épocas o sincretizados de otros lugares. Por su lugar estratégico entre Santiago de Cali y el mar Pacífico, se podía ver a Pontus como un punto crítico para el movimiento de unidades de la guerrilla entre las áreas menos pobladas del norte y el sureste, inclusive Ecuador y Perú, donde era posible para la guerrilla escapar de los ojos guardianes del ejército nacional.

Así sucedió en una mañana que cinco vacas explotaron en el galpón de ordeñamiento en Pontus, causando mucho daño y afortunadamente dejando ilesos a los ordeñadores que en ese instante tomaban unos momentos de reposo. Las vacas habían ingerido varias libras de explosivos plásticos ocultos en una caleta de la guerrilla en el pastizal más lejano de la plaza mayor. Al pasar de un estómago al otro en las vacas, los gases de metano causaron las explosiones para sorpresa de todos. En la caleta dejaron también varios bloques de moneda envueltos en celofán que Pedro Nel recogió y colocó en un montón en medio de la plaza mayor esperando que alguien viniese a recogerlas. Era un montón de dólares bastante grande, como de un metro cúbico. Pedro Nel calculó el valor del daño al ordeñadero y pegó una factura al bloque. Sin mucha espera llegó una cuadrilla de casi cincuenta hombres armados, vestidos de camuflaje con bandanas sobre los rostros, quienes haciendo tiros al aire reclamaban los paquetes de moneda sin mucha suerte ya que estaban guardados por varios mastines y Pedro Nel sentado al lado junto con el resto de los ladrillos de explosivos plásticos. A la larga, el cabecilla del grupo se sentó frente a Pedro Nel para pedir términos de entrega y recibir una copia del acuerdo con el terrateniente de Tuluá de mantener inviolable el territorio de Pontus. Sorprendido por el coraje de Pedro Nel y la presencia de los mastines, el cabecilla firmó la copia del acuerdo, recogió el dinero y los explosivos marchándose hacia el sur por la vía a Popayán. Con el tiempo, otros grupos guerrilleros quisieron infiltrarse en Pontus sin mucha suerte por la labor vigilante de los mastines y la cuadrilla de Pedro Nel, quien no toleraba interferencias de ninguna persona o grupo. Esta parte del siglo XX se mostraba idéntica al reciente siglo XIX. Al parecer las leyes de física sobre el movimiento de cuerpos elucidadas por Newton no tenían efecto en este país. No había acto y contra-acto. La parálisis reinaba incólume sin posibilidad alguna de resolución.

Dieciocho

Al cabo de cuarenta días, y luego de un interregno estival por Nueva York, Octavio llegó sin problemas a Bologna y empezó sus estudios universitarios. La universidad le ayudó a conseguir un apartamento en la vía San Leonardo, a dos cuadras del campus. Además de la beca que pagaba su matrícula y hospedaje, Octavio recibía una mensualidad por trabajar en el Departamento de Humanidades enseñando Latín e Historia y haciendo pesquisa sobre la lengua italiana. Era un gran desafío que Octavio tomó con mucha energía trabajando bajo la tutoría del *dottore* Enzo Monteverdi, que le permitía entrar a bibliotecas y centros de estudio avanzado. El *dottore* Monteverdi era uno de los profesores más antiguos e ilustres de la universidad, cuyo énfasis de investigación era el desarrollo de la lengua italiana. La figura de Octavio en los claustros y la ciudad causó inicialmente una ola de curiosidad por su tez y estatura. Por el otro lado, su ecuanimidad intelectual le sirvió para dominar el claustro. Algunos alumnos lo comparaban con Aníbal, pero se deleitaban en hacerlo hablar de Pontus y su padre. Un hombre negro de tez muy oscura y dos metros de estatura no podía pasar desapercibido entre ese rebaño de la élite europea en una entidad de alcurnia intelectual, social, y política. Octavio estaba equipado para moverse con prestancia en esos círculos. En su clase de Cultura Latina había una estudiante de antropología con un interés muy grande y especial por el pasado de Octavio, especialmente sus raíces sudanesas y coptas, y por esto lo invitaba a tomar café o almorzar en un jardín cercano para indagar más acerca de su padre y abuelos. Por gran coincidencia, su principal foco de investigación era el éxodo y exterminación de los monjes cópticos del sur de Libia durante la invasión de los mamelucos en el siglo XIII. Los vínculos de Pedro Nel y sus abuelos con esa parte del mundo le daban a Octavio un gran atractivo antropológico aumentado con curiosidad personal sobre este hijo de esclavos bien versado en latín e historia romana antigua.

Casi por fuerza, para continuar sus estudios bajo la tutela de Octavio, la alumna le extendió una invitación para pasar el verano en la casa paternal en Ravenna, sobre la costa del mar Adriático. Ravenna está situada en el interior pero conectada con el Adriático por el canal Candiano. La ciudad fue la capital del Imperio Romano del Oeste hasta el colapso del imperio en 402, cuando fue tomada por el Imperio Romano del Este y sumergida en la cultura bizantina de la cual le queda el testimonio de una plétora de basílicas y monumentos. Así Octavio vino a saber que su alumna era una condesita llamada Alessandra, hija del Conde

Romagnoli y que en su palacio al borde del Adriático habían pernoctado Lord Byron, Hermann Hesse, Oscar Wilde y T. S. Eliot, además de otras pequeñas luminarias de arte y literatura. Por encima de sus negocios en transporte marino, el conde se ufanaba de sus relaciones con el mundo artístico y literario y su hija seguía en sus pasos. Para ellos, Octavio era un personaje exótico e intelectual de gran interés. Ravenna, con su pasado romano y bizantino le ofrecía a Octavio amplias oportunidades para observar la cultura itálica de manera inmediata y pensar sobre los eventos históricos que habían definido la región por más de mil años.

Los Romagnoli descendían de *condottiere* que habían dirigido tropas en defensa de los Estados Papales y por ello fueron ascendidos a la nobleza desde fines del Renacimiento. Por muchas razones, Octavio se sentía muy cómodo en el palacio y se paseaba por él como un príncipe. A insistencia de Alessandra, las clases de latín siguieron, con énfasis en las obras de Ovidio y Cicerón, junto con excursiones a los dramas de Plauto y Terencio junto con análisis sobre *De Agri Cultura* y la vida en el segundo siglo narrada por Catón el Mayor. De vez en cuando el conde asistía como interlocutor a las clases y le agradaba conversar con Octavio sobre el rango y detalle de los actos de su familia desde el siglo XIII. Todo formaba un clima y un lugar perfectamente medidos a las necesidades e intereses de Octavio.

Usando la biblioteca del palacio en Ravenna y visitando los archivos de la ciudad, le fue posible a Octavio escribir varias crónicas o breviarios sobre la historia de Emilia-Romagna y sus vínculos al desarrollo de la lengua italiana que fueron muy bien recibidos en el ambiente académico de la universidad. El *dottore* Monteverdi lo apoyaba y pregonaba la obra de su alumno y protegido en todas las esferas. Por esta razón, Octavio era invitado a conferencias y reuniones académicas de nota para discutir sus investigaciones. Su progreso y acometimiento intelectual aceleraban su carrera y le abrían horizontes insospechados. De esta manera empezó su tesis de grado con el apoyo del conde y su gran amigo el *dottore* Monteverdi junto con otros amigos bastante influyentes y versados. Para todos, Octavio y su intelecto era algo muy especial que necesitaba un manejo apropiado. Más que una estrella fugaz del otro lado de la galaxia, Octavio era un meteorito sacudiendo los cimientos de una cultura antigua con la frescura del trópico.

Octavio había traído a Europa su bañador de lana, que era una pieza apretada al cuerpo de los hombres hasta la media pierna con el cual buceaba en el río y que una vez mojada mostraba su anatomía de manera muy evidente a pesar de su color azul oscuro. El estilo prevalente en Ravenna no era más que una pantaloneta bastante floja sobre el cuerpo que disimulaba las regiones más íntimas. Este contraste pudo verse luego de la primera salida de la piscina en el palacio de los Romagnoli durante una recepción de familia. Octavio en su bañera mojada parecía estar desnudo, como el David de Miguel Ángel, para gran sorpresa entre los hombres y gran asombro y risilla entre las mujeres, para quienes la percepción de un gran atributo masculino fue razón para inventar mitos y promover bastante lujuria. Por la noche una sirvienta le trajo a Octavio una pantaloneta que él utilizó a lo largo de su estadía. Sin embargo y desde entonces, Octavio fue sujeto a visitas inesperadas a su cuarto y ofertas de masajes con aceites y lociones por el conjunto femenino que visitaba el palacio. Octavio se sentía incómodo por todo esto y empezó a usar ropa interior más ceñida para disimular sus atributos al tiempo que buscaba nadar a horas menos principales. Su agilidad en el buceo por arena en Pontus era muy evidente tanto en la piscina como en la playa. Alessandra se ufanaba de su maestro y se mantenía cerca de él casi como una sombra.

La piscina del palacio era parte de un conjunto de baños romanos que el abuelo del conde construyó muchos años antes sacando ventaja de una fuente de aguas termales. Todo empezaba con la entrada a un vestuario para desnudarse o ponerse un traje de baño y proseguir al *caledario* de agua termal con temperatura bastante elevada que muy pronto forzaba mucho sudor y una salida al *tepidario* de agua templada donde se podía recibir un masaje con aceite de oliva y una toalla para luego pasar al *frigidario* de agua bastante fría y de allí a la piscina alimentada por agua de mar. En otros tiempos el *frigidario* recibía hielo derretido de los bloques que se traían de las montañas durante el invierno para refrigerar las comidas y hacer helados. Los baños formaban un complejo muy grande que entretenía a la familia y amigos del conde. Por razones de pudor, el baño se tomaba con un traje de baño, aunque en ciertas ocasiones había desnudez total hasta llegar a la piscina. Octavio usaba la piscina a diario después de la cena para practicar su estilo libre y despejar su mente de las cargas académicas. Gozar de los varios baños era asunto de tener tiempo. Entre estudiar, escribir y enseñar se pasaban muy rápidamente las horas. Nadar era para Octavio un elemento vital que lo conectaba con el río, el agua y la vida. En esta piscina de agua salada Octavio podía soñar en ser un delfín, un atún o simplemente una boga del río Cauca.

Una noche de verano, casi ya en el otoño, el conde pilló a Octavio y Alessandra corriendo desnudos por el salón principal del palacio, desde la piscina hacia las alcobas. El conde los hizo sentar desnudos en el salón principal y contemplar los retratos de antepasados ejecutados por grandes artistas desde el Renacimiento hasta el siglo XX. Era una muestra impresionante que narraba una historia real y constante de servicio, entereza y distinción. El conde los instó a reflexionar sobre ese contexto y decidir si existía algo mayor que un coito entre los dos. Si era así, debían consolidar su relación de manera formal en lugar de jugar como querubines en un lienzo de Boticelli. Gente educada al nivel de Octavio y Alessandra tenían una expectativa más alta y debían comportarse con más seriedad de acción. Octavio y Alessandra no podían decir nada por efecto de la sorpresa. Se quedaron sentados en el salón hasta la madrugada, cuando una sirvienta les trajo batas de baño y café. Muchos de los sirvientes los vieron nadando desnudos o haciendo el amor en las dunas adyacentes al palacio. Por admiración a su juventud, nadie los delató. El romance de esta joven pareja era tan exótico como también dulce y tal vez embriagante.

Donna María Inocencia, la madre de Alessandra, sospechaba algo, pero no se atrevía a confrontarlo por falta de pruebas irrefutables. *Donna* María Inocencia era una mujer pequeña de estirpe catalana, hija de uno de los condes de Barcelona, muy rígida en su fe, y se dedicaba a bordar reproducciones de cuadros de El

Greco y Velásquez a punto de cruz. Ella vivía en su conjunto de habitaciones en un ala del palacio, desplazándose como una sombra y apareciendo solamente a la hora de cenar o al mediodía para alimentar con frutas su gran jaula de pericos que le regaló el embajador de Australia. Se pasaba bastante tiempo leyendo literatura española del Siglo de Oro (Cervantes, Lope de Vega, Calderón de la Barca, Quevedo, Teresa de Ávila, Juan de la Cruz y otros) en uno de los solares bajo la sombra de mirtos y nogales o rezando el Rito de las Horas en la capillita del palacio, que era dominada por un enorme lienzo de Zurbarán ilustrando al Cristo crucificado con un poderoso contraste de luz y color emergiendo de un fondo negro. Varias veladoras trataban de iluminar el ambiente tiñéndolo de ocre y oro. En el piso de la capilla estaban las lápidas de los primeros antepasados, con lujo de inscripciones apenas discernibles en la semipenumbra del recinto. Por falta de espacio fue necesario erigir una cripta en el jardín donde las cajetillas del osario contenían ya cinco siglos de Romagnoli y varios allegados. Aquí la faena vital de la familia terminaba en una erupción de mármol y bronce apuntando al cielo con escuadrones de ángeles lanzados al aire como plegarias o cohetes alados de piedra.

Hacia la media tarde, Octavio y Alessandra decidieron ir a remar en el canal. Allí sería posible sacar razón y tomar decisiones acerca del futuro ya que en el palacio había muchos oídos e influencias.

La luz dorada del atardecer los sumergía en una imagen difusa, como un esbozo húmedo de acuarela o un paisaje de Vermeer o Rembrandt. Atrapados en esa luz dorada, casi holandesa, Octavio y Alessandra adquirían una dimensión más grande, de protagonistas, que no se podía contener por los salones del palacio. Eran así parte integral del paisaje entero. Allí decidieron casarse y se lo comunicaron al conde.

De una simple ceremonia en la capilla del palacio, la boda se remontó a una ceremonia muy seria y formal a celebrarse un 23 de julio, que es el día de San Apolinario, patrono de la ciudad, como lo deseaba *donna* María Inocencia con el visto bueno del conde y del arzobispo. Fuerzas insospechadas y poderosas emergieron para planear y ordenar cada detalle. El torrente de casi quinientos años de tradición surgió como una tromba por el palacio que pareció obtener nueva luz y voz en la visión de *donna* María Inocencia.

En Pontus se recibió con gran júbilo el anuncio de la boda. La plaza mayor se decoró con guirnaldas de lirios, espatifilos, anturios y veranera. Por toda una semana se dieron espectáculos de fuegos artificiales y el día de la boda se ofreció un comilón enorme con ternera asada y los platos más ricos de la cocina local. Pedro Nel invitó a todos los que quisieran venir y regaló un vitral para el altar de la capilla. Pontus se transformó con alegría en un centro de ternura y paz dentro de un país dominado por odios y rencores históricos y perniciosos. En las cuatro esquinas de la plaza mayor se quemaba mirra y aceites de lavanda, mejorana y bergamota, que le daban al entorno un aroma elegante y trascendente ocultando el hedor de muerte y podredumbre que emanaba del río ya difunto por la minería ilegal. De todos los días especiales en Pontus, este era el más especial.

En Ravenna se preparaba la boda a celebrarse

en la Basílica de San Apolinario, un claustro bizantino con gran derroche de oro, brillantez y devoción en murales de mosaicos narrando historias sagradas y celebrando el santorío pleno de la fe. Desde la bóveda, sobre el altar mayor, San Apolinario estaba de pie dando la bienvenida con rebaños y bosques a su alrededor. Cada espacio, cada superficie, mostraba arte y artesanía de siglos pasados. El aire iluminado por el sol penetraba por las ventanas en lo alto y parecía estar cantando salmos a toda hora. La basílica con su derroche bizantino abrumaba a todo visitante. Había mucho que ver y entender antes de llegar a un nivel aceptable de comodidad. Cada superficie tenía algo que decir y la cacofonía de mosaicos se apoderaba de los sentidos. En la banda superior izquierda se exhibían trece mosaicos representando los milagros de Cristo y sus parábolas. Por el lado derecho de la nave, otros trece mosaicos representando la pasión y la resurrección. Por asuntos de teología, el arianismo, que dominó la basílica por un tiempo, influyó en la representación de Cristo sin barba para demostrar que era en realidad humano. Cada mosaico estaba separado por formas decorativas con símbolos cristianos antiguos. La siguiente banda mostraba santos, profetas y evangelistas con libros o rollos y un símbolo apropiado en sus túnicas. Debajo de estas dos bandas estaba otra banda mostrando a la izquierda una procesión de las veintidós vírgenes, encabezada por los Tres Reyes Magos, marchando a venerar a la Madre y al Niño. Por el lado derecho se apreciaba una procesión de veintiséis mártires, encabezados por San Martín, incluyendo a San Apolinario marchando hacia un grupo representando a Cristo rodeado por cuatro ángeles. Dos a cada lado. La línea de columnas a lo largo de la nave central por ambos lados formaba un bosque de mármol bajo el cual se paraban los feligreses cubiertos por la devoción y visión bizantina. Los pasajes o corredores a cada lado de la nave servían para contener el reflujo en las grandes ocasiones. No había bancas, excepto por las sillas episcopales.

Alessandra en su vestido de encaje blanco entraría rodeada de azahares y flores de manzano por esta gran nave central acompañada por el conde y su cortejo de primas y amigas mientras una orquesta de cámara mezclaba un poco de Johann Sebastian Bach en el ambiente. Era una ocasión feliz hecha difícil solamente por la necesidad de conectar dos continentes, dos culturas, dos tradiciones y un deseo unificado de amor y devoción. Octavio, vestido con un uniforme medieval de caballería regalado por el conde, parecía una figura emergida de un lienzo del Renacimiento. Su tez azabache contrastaba con un peto de tafetán blanco con bordados de hilo dorado salpicado por rubíes y amatistas. Sus pantalones de raso azul claro fluían hacia dentro de botas altas de caballería con espolones. Con mucha reticencia aceptó vestir un casco de felpa con una pluma larga de avestruz junto con un espadín colgado de su cadera por una cadena de oro y joyas enlazadas. En conjunto, Octavio representaba la visión de *donna* María Inocencia y una sumisión a efectos teatrales muy por fuera de su control. Todo parecía salir de un lienzo de Uccello o Rafael. Lo importante era la boda misma y un deseo intenso de tomar a Alessandra en sus brazos.

Luego de la ceremonia, el cortejo regresó al palacio para descansar unas horas, antes de la recepción al atardecer. Cada cual se fue a su cuarto o a la piscina.

Octavio entró entonces a su alcoba con Alessandra en brazos, cerrando la puerta, y con mucho frenesí y pasión se dedicaron a consumar la unión. El conde puso dos guardias en la entrada para prevenir visitas sorpresivas y disturbios. Un repique de campanillas los despertó al cabo de unas horas para ir a la recepción. Octavio recordaba ese día de su grado en Pontus que no se podía comparar con esta boda y el gozo extraordinario en su corazón. Tal vez presentía el deleite en Pontus y la felicidad de su padre. Por destellos consistentes de inteligencia y expresiones de amor transcendente, Octavio logró elevarse por encima de las normas sociales y raciales de su país. En esta mañana, bajo el sol de Ravenna, en un templo bizantino, Octavio dejó de ser "negro" para convertirse en un hombre, tanto como su padre lo había expresado en su corte marcial. Como una espiral recombinante de ácido desoxirribonucleico se podía ver a Octavio superando su estación asignada para elevarse a las regiones más transparentes del aire cultural y social. Desde su gran mural al fondo de la nave principal San Apolinario sonreía y reflejaba el sol sobre esta pareja.

Diecinueve

A insistencia de *donna* María Inocencia, la pareja de recién casados viajó a Barcelona para dos semanas de luna de miel. Allí fueron agasajados por la extensa línea de parientes muy emocionados por darles una bienvenida emotiva con una larga serie de recepciones y bailes. Cansado del trajín fiestero, Octavio decidió ir hasta el valle occidental en Sabadell para visitar la familia del anciano que Pedro Nel rescató y cuyo regalo de tierra se convirtió en Pontus. Desafortunadamente, el anciano había pasado al más allá, pero sus hijas recibieron a Octavio y Alessandra con mucha euforia y cariño. El esfuerzo original por criar ovejas se tornó por el establecimiento de viñedos para producir cava, o vino espumante, que era la champaña de Catalunya. El torbellino de atenciones y recepciones empezado en Barcelona continuaba en Sabadell y, luego de unos días, la pareja de recién casados decidió prolongar la luna de miel en medios más descansados, con una gira por Ávila, Logroño,

León, Burgos y Santiago de Compostela en un afán por explorar la cultura medieval de España. Para Octavio fue una emoción muy especial visitar la tumba de El Cid y doña Ximena, en la nave central de la Catedral de Burgos. De una manera muy creativa, Octavio conectaba la gesta de don Rodrigo Díaz de Vivar con esa de Pedro Nel Ben Efraim en Pontus. En su mente podía ver todos los héroes persiguiendo una causa común a través de los siglos. Esas lápidas en el medio de una enorme catedral daban testimonio de una presencia libertadora en el siglo XI no muy diferente a la gesta de Pontus nueve siglos después. Claro que la capilla de Pontus no se podía comparar con la magnificencia de un enorme edificio de piedra dominando el centro de una ciudad y una región de leyenda. Lo importante era el corazón y el coraje. Para Alessandra, el placer estaba en caminar en Burgos de la mano de su esposo por el paseo del Espolón a lo largo del río Arlanzón sabiendo lo que contenía su mente y la manera de ver las cosas más allá de la primera y más evidente apariencia. Más que un compañero físico, Alessandra había encontrado un complemento intelectual y espiritual que la retaba por arriba de su capacidad.

Veinte

Al cabo de unos meses, Alessandra fue invitada a participar en una expedición antropológica al sur de Egipto, en el extremo suroriental del desierto libio, en el oasis de Kharga y la necrópolis cóptica de Al-Bagawat. La excursión era una colaboración con el Instituto Francés de Arqueología Oriental y se enfocaba en la herencia cóptica de los siglos III a VII, antes de la invasión y destrucción de asentamientos cristianos por las hordas fanáticas de los mamelucos. La necrópolis contenía no solo tumbas sino también cavernas y monasterios donde se forjaron capítulos importantes del desarrollo de la fe cristiana. Todavía quedaban allí los rasgos de su presencia a pesar de los saqueos y el paso del tiempo. Alessandra se entusiasmó mucho por la oportunidad y convenció a los directores de invitar a Octavio por razón de su herencia racial y cultural. Aprender a leer copto se convirtió entonces en un desafío para Octavio con la asesoría de Alessandra.

Con la emoción de explorar el pasado, la

expedición bajó por el Adriático hasta el Mediterráneo, entrando al río Nilo por Alejandría, bajando hasta la vecindad de Luxor, y de allí en caravana hasta el oasis de Kharga, situado en la antigua ruta de comercio llamada Darb el-Arba por ser una jornada de cuarenta días desde El Cairo. La travesía por el desierto era muy agotadora por el calor, la lentitud, y el paso mecedero soñoliento de los camellos. Estaba además el pequeño detalle de la preñez de Alessandra que había sido ocultado por su afán de explorar pensando que una vez en Kharga el feto se comportaría como un científico sin causar problemas. Claro que los fetos nunca se comportan como se espera y Alessandra tuvo muchos dolores y problemas mientras trataba de hacer una inmersión profunda en las labores de investigación y memorización de la necrópolis. Era su asignación esbozar el área y describir las sepulturas. El viento cálido del Sahara ondeaba hostigante entre 110 y 120 grados Fahrenheit (43 a 48 Celsius), cada día y cada hora, quemando el aire y la respiración con una brisa por la noche que fluía bajo las mismas temperaturas. Nubecitas de arena fina flotaban constantemente por todo el entorno, formando torbellinos que penetraban túnicas, se colgaban del sudor en la frente y las pestañas, penetraban con encono las narices y en general disturbaban por entero la concentración.

Al final del día, Alessandra se sumergía en una tina grande de agua fresca para quitarse ese polvo arenero que la envolvía a cada momento y calmar el trajín mental de la pesquisa. En su tienda con Octavio había tiempo para intimidades y reafirmación de una misión que era en realidad más difícil de lo esperado y de la cual no quería retirarse por asunto de orgullo propio y la dependencia con el equipo investigativo. El canto eléctrico de las langostas y murciélagos parecía hipnotizarla por las noches para dormir unas horas. Este sueño era más críticamente necesario entre más crecía el feto y las demandas de nutrición y reposo aumentaban. El constante calor la atormentaba y hacía que abriera la tolda sin beneficio del toldillo para coger un poco más de brisa que traía zancudos perniciosos y palúdicos.

Por consideración a su condición, la expedición le asignó una cuidandera nubia de veintidós años que trabajaba en la cocina y la enfermería. Se llamaba Khaama-Ella pero para Alessandra era solamente Camila. La función de cuidar a Alessandra se complicó todavía más cuando le dio un brote fuerte de fiebre palúdica que la tiró a la cama por varios días durante su antepenúltima semana de embarazo. Por su carácter rebelde y obsesivo, antes de salir de Italia o llegar a Egipto, Alessandra no quiso tomar ese té de cinchona prescrito para curar o aliviar la malaria por ser muy amargo e inconveniente. Ella no concebía que existía peligro dada su condición de preñez. De alguna manera Alessandra veía en la maternidad un escudo protector que le permitía desafiar el conocimiento básico y la buena razón. Se sentía invencible. Reducida a la cama o a la tina de agua con el cuidado asiduo de la joven Camila, Alessandra se dedicó a redactar las memorias de la expedición con varios colaboradores que hacían dibujos en acuarela de las tumbas y las inscripciones para ampliar o confirmar el texto. La demanda por veracidad se extendía tanto al texto como a los dibujos y Alessandra estaba encargada de coordinar todo ese aspecto. Octavio ayudaba guiando a los artistas en viajes a las tumbas y otras ruinas para señalar lo que se debía dibujar y corregir lo dibujado. Todo esto era una labor muy necesaria pues las memorias tenían que ser redactadas e ilustradas a la perfección para satisfacer las exigencias académicas y expectativas intelectuales de la expedición.

El tiquiteo de la máquina de escribir portátil ocultaba otros ruidos y funcionaba como el espíritu mecánico en un entorno de carácter bastante académico con notas y referencias tiradas sobre el piso y la cama. Un poco antes de su día esperado de dar a luz, Alessandra terminó su reporte y con mucho placer lo entregó al director recibiendo muchas comendaciones y expresiones de gratitud de parte del equipo. Tarde por la noche con la luna llena en alto, empezó su parto que, con la ayuda de Camila, Alessandra esperaba concluir rápidamente de acuerdo con sus planes. Afuera de la tienda, Octavio y el equipo esperaban con ansiedad y varias botellas de vino. Con la salida del sol llegó un médico que pronto determinó que la cabeza del bebé tenía problemas para pasar por el cuello del útero, alargando de esta manera el parto con el consiguiente peligro para madre y bebé. En las condiciones pobres de higiene del lugar no era prudente hacer una cesárea, pero Alessandra insistía. Quería dar a luz y regresar pronto a la persecución de gloria académica. Con un gran esfuerzo sanitario se preparó el procedimiento y así nació Catalina, ante el beneplácito de todos, a siete libras y dos onzas. Una vez cosido el corte de la cesárea, Alessandra tomó a su hija en sus brazos, satisfecha de haber concluido esa labor. Todo parecía normal o por lo menos un poco así. Camila limpió la tienda, bañó al bebé y preparó un plato de dátiles para Alessandra. Todo parecía regresar a la normalidad, pero ese gran corazón de Alessandra falló por la pérdida de sangre y la intensidad de la labor de parto. No había recuperación posible.

Le correspondió a Camila amamantar entonces a Catalina con leche de camella mientras Octavio hacía una caminata por el desierto tratando de buscar sentido a lo ocurrido.

Un sacerdote copto se encargó de preparar el cuerpo de Alessandra para enfrentar el viaje de regreso a casa, celebrando los oficios de difuntos con las letanías de rigor y permitiendo que un grupo de nubios embalsamaran el cadáver de acuerdo con la ciencia y costumbre milenaria de los que una vez fueron dueños y señores de todo Egipto. Alessandra fue colocada en un féretro de cebrabo, o madera cebra, que las caravanas solían traer del Chad, al pie de las faldas del monte Camerún, cerca del golfo de Guinea. Era una madera negra con rayas blancas que daba a la caja un aspecto de basalto, como los féretros de los faraones. Es curioso observar que el monte Camerún, también llamado Mongo ma Ndemi o Montaña de Grandeza, se levantaba casi a la misma altura que el Alto de Pance, alrededor de los 4,100 metros. Uno es un volcán y el otro un farallón. Tal vez estas montañas se comunican entre sí con las nubes que pasan sobre ellas cruzando el Atlántico.

El triste viaje de retorno a Ravenna con el cuerpo embalsamado de Alessandra apareció más largo de lo esperado. Octavio le encomendó a Camila el cuidado de Catalina mientras él hacía los preparativos para el entierro de Alessandra en Ravenna, el cual se complicó por los deseos de *donna* Maria Inocencia de realizar una ceremonia larga, con un velorio de dos días y una gran novena en la basílica luego del entierro en la cripta funeral en el jardín del palacio. Tanto el conde como Octavio favorecían una ceremonia breve y privada pero *donna* María Inocencia, con el apoyo del arzobispo, ganó la partida.

El palacio entonces se vistió de negro y por once días no hubo risa o conversación diferente a las oraciones fúnebres. Unas monjas adoratrices del convento benedictino cerca del palacio se aliaron con unas clarisas de la catedral y llegaron a invitación de *donna* María Inocencia para pasar el tiempo en oración constante con devociones especiales cada tres horas. Durante los oficios fúnebres en la basílica, el canto gregoriano de los monjes se mezclaba con el humo de los incensarios para crear una bruma surreal, abejorral, que envolvía las flores y tornaba a los asistentes en figuras esfumadas de otro reino. En su caja negra, Alessandra viajaba por regiones distantes pensando en el oasis y los techos como panales de las tumbas en Al-Bagawat. Octavio mecía a su hija sobre el agua de la piscina. La llamó Catalina.

Veintiuno

Mientras Octavio luchaba con sus penas en Ravenna, Pedro Nel trataba de continuar una vida pacífica en Pontus, guiando la marcha independiente de la comunidad, satisfecho de sus logros y gozando de su entrada a una edad más avanzada con sus sesenta y pico años cumplidos. Una tarde de domingo, cuando regresaba en su bicicleta luego de concluir sus servicios sacristánicos en la catedral, se sorprendió al encontrar un retén sobre la carretera cerca del puente. La presencia del retén lo hizo pensar acerca de las medidas de seguridad instauradas por el alcalde de Cali ante una ola de secuestros y asaltos realizados por cuadrillas de narcotraficantes que una y otra vez se evaluaron como nada más que asuntos internos entre maleantes de lucha por terreno. Que se hubiese instalado un retén en este lugar y en este día no le parecía un asunto común y correcto. Sin embargo, Pedro Nel continuó pedaleando con gran cautela, listo a presentar sus papeles de identificación hasta que se percató de que los uniformes e insignias no correspondían al ejército nacional. Trató de voltear su bicicleta para devolverse en el camino, pero ya era tarde. Recibió un golpe en la espalda y pronto se sintió inyectado con un soporífico.

Valeriano estaba sentado en el dique con Mario, Diomedes y Clímaco bebiendo café y habían notado el retén al otro lado del puente. Cuando se dieron cuenta del asalto a Pedro Nel corrieron a través del puente para encontrar solamente la bicicleta tirada en la zanja y la billetera de Pedro Nel sobre el pavimento.

Las tropas falsas pronto escaparon con rumbo a la ciudad. Mario empezó a oler la billetera y husmear el entorno empezando muy pronto a caminar por la carretera hacia la ciudad, seguido por Valeriano, Diomedes y Clímaco, ya acostumbrados a su manera de olfatear pistas.

Al cabo de una hora de caminar, llegaron a una esquina cerca del Instituto Técnico-Industrial San Juan Bosco y Mario indicó que Pedro Nel estaba muy cerca. Con una búsqueda más intensa pudieron identificar una fábrica de zapatos en la carrera Quince con calle Ocho, donde Mario afirmó se encontraba Pedro Nel. Por ser domingo la fábrica estaba cerrada, pero Valeriano pudo alzarse hasta las ventanas y ver que en un cuarto se hallaba Pedro Nel, atado a una columna, junto con otras cuatro personas. Unos chicos sentados en el andén al frente de la fábrica empezaron a silbar como para avisar de la presencia de Valeriano y su grupo. Dos hombres armados salieron a confrontarlos, pero Valeriano y Clímaco usaron ese entrenamiento en lucha personal recibido casi cuarenta años atrás para subyugar a los dos hombres de una manera rápida y efectiva privándolos de sentido.

Sorprendidos por su efectividad, el grupo se metió en la fábrica para buscar a Pedro Nel y los otros cautivos.

Muy pronto otros dos hombres empezaron a dispararles y el grupo tuvo que esconderse detrás de las máquinas y montones de empaques. Mario, que era el más ágil, logró sorprender a uno de los hombres y arrebatarle el arma, con la fortuna de que durante la lucha por el arma unas balas le pegaron al otro hombre, quien fue muy prontamente atrapado por Clímaco.

Con la costa libre luego de amarrar a los cuatro secuestradores, el grupo localizó a Pedro Nel y los otros cautivos. Todos estaban soñolientos por efecto de la droga recibida y no estaban en condiciones de caminar sin ayuda. Mario había encontrado una carretilla de cuatro llantas para transportar a los secuestrados a un lugar seguro. En medio de esto llegó un contingente de la policía que estaba residenciado solo tres cuadras más abajo, por la carrera Quince, en el Colegio de Santa Librada.

Como primera medida, la policía decidió esposar y arrestar a Valeriano, Diomedes y Clímaco, al ser acusados por los jóvenes centinelas como causantes del crimen. Mario había logrado escapar por una puerta trasera y correr hasta el centro de la ciudad para alertar a uno de los periódicos luego de contarles la historia del secuestro. En menos de media hora la fábrica se llenó de policías, reporteros, médicos, enfermeras, entrometidos, un sacerdote salesiano y unos pocos agentes políticos.

Resultaba que los otros cuatro secuestrados eran comerciantes de buena estima cuya desaparición estaba bajo intensa investigación luego de haber recibido demandas de rescate por considerables sumas.

La acción del grupo de Pontus destruyó de una sola un esquema criminal muy ambicioso que elevaba el nivel de inseguridad a un alto grado, contrario a la versión oficial sobre seguridad.

El rescate no fue una operación planeada con esmero y diligencia sino una intervención animada por la amistad y sentido comunitario en el espíritu del momento. Muchas cosas hubieran podido fallar, incluso en detrimento de los secuestrados. La operación de años atrás en Vijes parecía un juego de niños en comparación. Los cuatro secuestrados representaban un gerente de banco, dos ejecutivos de negocios y un ganadero. Eran todos miembros de la élite blanca y el secuestro de Pedro Nel figuraba como un primer esfuerzo por atacar otros estratos.

La policía mostraba una gran reluctancia para dejar libres a Valeriano, Diomedes y Clímaco a pesar de la claridad de la situación. A su manera de ver, no era posible que estos negros fuesen inocentes del secuestro de gente blanca. Sospechaban de una trama bajo la cual existía un convenio criminal entre los maleantes y la gente de Pontus encabezada por Pedro Nel.

Mario fue arrestado también al tratar de intervenir en favor de sus amigos. Los cuatro estaban siendo interrogados muy duramente hasta que llegó el alcalde con el presidente del concejo municipal, quienes identificaron a Pedro Nel y Valeriano relatando la historia convertida ya en leyenda sobre sus acciones durante el saqueo de Cali. El problema era ahora para la policía de buscar una manera de salvar su honor y aparecer como entidad balanceada sin prejuicios sociales o raciales.

Mucha discusión tuvo lugar con diversas opiniones, hasta que Pedro Nel, ya recuperado de la droga, sugirió que el grupo simplemente saldría de la fábrica y caminaría hasta Pontus sin mirar atrás. Así lo hicieron ante la mirada estupefacta de muchos presentes. No hay razón para personas inocentes de ser detenidas y guardadas sin pruebas conclusivas. El alcalde finalmente tomó crédito por la liberación de los secuestrados con una mención incidental a la labor de Valeriano y su grupo. Sin embargo, los secuestrados sabían la verdad y por último la divulgaron muchos días más tarde.

Pedro Nel retornó a su función de sacristán, Valeriano estuvo pronto de vuelta en su consultorio, Diomedes, Clímaco y Mario volvieron a sus faenas y el río siguió fluyendo muerto debajo del puente.

Cuando Octavio se enteró del secuestro y sus pormenores, empezó a sentir un poco de ira, que en su estilo se transformaba en algo escrito. La ley residía en la palabra y la palabra se consagraba en la escritura. Consultando con el conde y el *dottore* Monteverdi decidió escribir una nota de protesta al embajador de la República de Colombia ante la Santa Sede en vista de que era una autoridad competente para transmitir la protesta ante la presidencia en Bogotá avalada por el conde y el *dottore*.

Así, redactó una nota que fue llevada bajo la cartera del conde al secretario de Estado de la Santa Sede para transmisión al embajador de Colombia:

Muy Respetado y Estimado Señor:

He recibido las desagradables noticias del secuestro de mi padre, señor Pedro Nel Ben Efraim, ocurrido en Cali, cerca del puente sobre el río Cauca.

Mi padre regresaba de sus labores como sacristán en la Catedral de San Pedro cuando fue detenido y secuestrado antes de cruzar el puente hacia su hogar localizado en Pontus. Fue drogado y llevado inconsciente a un escondite en el área de San Juan Bosco, donde lo amarraron y detuvieron en compañía de otros cuatro secuestrados. Por la acción decisiva de sus amigos Valeriano, Diomedes, Clímaco y Mario, fue localizado y rescatado unas horas después sin pérdida de vida en una fábrica de zapatos a solo tres cuadras de la estación de policía en Santa Librada.

Desafortunadamente, la policía llegó en el momento en que se efectuaba el rescate y procedieron a esposar a mi padre y sus compañeros como sospechosos, sujetándolos a un extenso y degradante interrogatorio basado exclusivamente en el color de su piel, bajo la suposición de que todos los negros son criminales. Gracias a la presencia del alcalde de la ciudad, que identificó a mi padre, fue posible para él y sus amigos obtener libertad para regresar a Pontus.

Los secuestradores fueron aprehendidos y luego dejados en libertad por "falta de pruebas" y la reluctancia de los otros secuestrados a dar testimonio. Como un acto insólito, uno de ellos está instaurando una demanda por heridas recibidas durante el forcejeo por la libertad de mi padre. Ni la policía local ni la nacional se han apersonado de este crimen y las autoridades cívicas no se inclinan a aceptar su ocurrencia, incluso calificándolo solamente como un "lamentable error por jóvenes desorientados".

Mis investigaciones a priori desde este lado me llevan a la conclusión de que existen influencias de alto rango criminal interfiriendo con la administración de justicia en este y probablemente en otros casos similares. La ola de secuestros en Santiago de Cali tiene el aspecto de una epidemia sin intervención efectiva por las autoridades. El maltrato a mi padre por razón de su color es síntoma de una tendencia racista condenada en la Constitución Nacional y en las leyes.

Elevo ante usted una muy sentida protesta por el trato recibido por mi padre por parte de la policía y por la subsecuente disolución del caso contra los secuestradores. Mi padre ha sido una persona honrada y un buen ciudadano de nota, cuyos esfuerzos por el bien de la comunidad son ampliamente conocidos. Él merece ser tratado con todo el respeto necesario para persona y carácter y se le debe una disculpa formal e institucional de alta envergadura. No se puede esperar menos.

Permanezco Su Muy Atento y Seguro Servidor,
Octavio Ben Efraim,
Doctor de Jurisprudencia,
Universidad de Bologna.

Un tiempo después, la carta llegó a la Secretaría de la Presidencia de Colombia de mano del Nuncio Apostólico de Colombia. El impacto fue inmediato. Una comitiva del gobernador, el alcalde y el jefe de Policía más dos generales de la brigada visitaron a Pedro Nel un día de mercado en compañía de un destacamento del ejército con banda de guerra. Se formaron en la plaza mayor tocando el Himno Nacional y condecoraron a Valeriano, Diomedes, Clímaco y Mario con una medalla al "Coraje Ciudadano" recién creada por el presidente para premiar y reconocer a los buenos ciudadanos de la República. Hubo un largo discurso por el gobernador acerca de las labores de Pedro Nel y su cuadrilla desde esa Guerra del '76 y el establecimiento de Pontus como una comunidad modelo e independiente. Arcesio, el pirotécnico, lanzó varios "cuetes" y se formó una comilona extraordinaria con envueltos de choclo, fritanga y un caudal de aguardiente local. Todos se sentaron sobre el dique y pudieron observar que este lugar era especial y muy diferente a pesar de las pieles oscuras. El sol se desvanecía suavemente sobre los guadales cuando la comitiva salió rumbo a la ciudad. Crisantemos de pirotecnia cubrían el cielo sin nubes. Un poco de honor había sido devuelto con creces.

Veintidós

Octavio continuó en sus estudios con bastante distinción, compilando una obra de varios volúmenes sobre los sonetos de Petrarca y el *Decamerón* de Boccacio con relación al desarrollo formal de la lengua italiana, por lo cual recibió varias comendaciones importantes y la oferta de una cátedra permanente en la universidad. Con su corazón torcido entre Ravenna y Pontus, además del cuidado de su hija, Octavio agonizaba con una decisión y finalmente decidió regresar a Pontus por un tiempo con la posibilidad de un regreso a Italia en unos años para integrarse más completamente a la Facultad de Humanidades y disfrutar de su nombramiento.

Así, con Camila y Catalina, luego de abrazar al conde y la condesa además de visitar la cripta, emprendieron la jornada hacia Génova y el crucero Italia. En Nueva York pudieron conectar con un barco mercante que los llevó a Colón y de allí a Buenaventura, donde fueron recibidos por Pedro Nel y

Valeriano para la jornada a Pontus.

Durante el viaje transatlántico, Octavio pasaba las noches mostrándole las estrellas a Catalina, que se deleitaba en ver tantas luces y la luna, además de las ballenas y los delfines nadando al lado del buque, actuando como escoltas de un viaje fantástico y misterioso.

No todo era tan sencillo para esa imaginación en desarrollo. Desde su nacimiento en África cerca del Nilo Azul hasta su viaje por el Nilo y el Adriático a Ravenna, bañada en la piscina del palacio y ahora en una jornada a través del Atlántico y el borde norte del Pacífico, parecía que su vida estaba ligada al agua. Esas ballenas y delfines podrían saberlo y la escoltaban con alegría como a una de su tipo y clase. El corazón de Octavio todavía dolía por Alessandra pero palpitaba feliz por Catalina.

Una vez en Pontus, Octavio se dedicó a la formación de una agencia para el avance de las negritudes y los campesinos desposeídos. Formó una corporación bajo el nombre de Congreso de Negritudes y Desposeídos (CNP) con oficinas en la plaza mayor de Pontus y la ambición de cubrir el occidente del país a lo largo del Pacífico desde Urabá hasta Tumaco. Era una labor complicada y muy controvertida por ese *statu quo* ancestral y terco promovido por políticos, latifundistas y terratenientes. ¿Qué podía hacer un negro por otros negros? ¿No estaban todos recibiendo la indiferencia y muy inmerecida desidia del Gobierno? Las guerras del siglo XX se tornaron en luchas partidistas y drogámonas con la mediación de guerrillas y traficantes para proteger territorio, fabricar droga y expulsar poblaciones. No había tiempo o recursos para emprender medidas de mejoramiento social o laboral. Con sus conocimientos de jurisprudencia Octavio esperaba redactar esquemas de protección de propiedad y concesión de tierras para grupos desahuciados por naturaleza de raza o condición humana. La reforma agraria estructurada por los partidos tradicionales, con mucha mención de justicia e igualdad, resultaba en un trato favorable para los latifundistas, los terratenientes y sus allegados, en lugar de los realmente necesitados. Muchas estratagemas fueron inventadas para prevenir la partición de latifundios improductivos por razón de tamaño. Preocupados por mantener sus privilegios, los políticos ignoraban todo asunto vital y se pasaban el tiempo enzarzados en argumentos pueriles y procesos de frustración. Toda acción positiva estaba negada por intereses creados que se sobreponían a toda iniciativa que no les aportaba ganancias en poder, influencia o capital. El país existía fuera de estas instituciones amparadas en procesos consuetudinarios y maliciosos. Aparentemente el país parecía flotar a la deriva sin beneficio ni de ballenas, delfines o estrellas.

Desde su oficina Octavio producía panfletos y convocaciones a juntas informativas en las poblaciones del Occidente. Muy lentamente fue formando una cadena de apoyo dedicada a llevar a cabo la misión general del Congreso en la materia de educar y apoyar a la población negra y campesinos sin tierra sobre cambios positivos y posibles. Por obvias razones no era posible replicar el ejemplo de Pontus y Pedro Nel, pero sí era muy factible elevar aspiraciones y educar un frente de liderazgo con vastas dosis de encomio y aprendizaje. Era una tarea libertadora no muy diferente a la de Bolívar o Petion. La clase subyugada necesitaba apersonarse de las alternativas a su condición. El sueño de Pedro Nel se replicaba de cierta forma en Octavio.

Veintitrés

Catalina creció en Pontus, no solo bajo el cuidado de Camila sino también de toda la comunidad. Aprendió multitud de oficios y pernoctaba en todas las casas con bienvenida muy amplia. La adoración de Pedro Nel era palpable por esta chica de pelo trigueño y tez del color de miel. Alta y esbelta, se paseaba por Pontus y Santiago de Cali como una reina en su corte. Octavio se deleitaba en caminar con ella e introducirla como su hija para sorpresa de todos. El contraste físico era extremo si no se conocía a la madre. De la nenita envuelta en pañales allá en Kharga, se había convertido en una adolescente de estatura alta y ojos azules con una voz suave y agradable. Acompañando a Pedro Nel subía frecuentemente al Alto de Pance, pasando por campamentos guerrilleros situados en las faldas de los farallones donde se respetaba al abuelo por su pasado como guerrillero.

La trocha abierta por Pedro Nel y su cuadrilla facilitaba la subida como cosa de rutina a pesar de la humedad y se llegaba con facilidad a lo más alto donde estaba esa laguna que capturaba el cielo de toda la región. Allí aprendió a sentir gran ternura por ese valle que se podía ver casi desde las nubes. Una colcha de retazos verde, amarillo, lila y rosado con ese río de café con leche que conectaba pueblos y gente a lo largo de su corriente perezosa.

Ver esa extensión lejos de los problemas locales promovía un sentimiento mucho más íntimo. El valle se tornaba en una manta cálida que arropaba visiones nobles y transcendentes.

En esa altura, Catalina se sentía como una ninfa en el pináculo del universo. Se bañaba desnuda en las aguas frías de la laguna ofreciendo su cuerpo sonrojado por el frío a la cordillera y los frailejones en un acto espontáneo de juventud y amor. Era una persona genuina y libre como su madre. Se podría ver tal vez como la encarnación de esa Venus que Boticelli colocó sobre una concha. Pedro Nel sonreía y trataba de inculcarle esos conocimientos y virtudes que en otros tiempos imprimió en Octavio. La escuelita de Pontus no podía contener la enorme curiosidad de esa nieta de cabellos de oro y ojos fugaces como esas estrellas que se veían desde la altura de los farallones. Los farallones, tan inmediatos y tan lejanos, danzaban bajo sus pies y el valle le seguía los pasos como la cola de un cometa verde.

Veinticuatro

Con el tiempo y el crecimiento de Catalina, le empezó a quedar tiempo a Camila para dedicarse a otros menesteres. Octavio le construyó una casa donde esta mujer nubia pudo establecer raíces reales en el trópico para construir una vida personal independiente. Muy pronto su patio se llenó de arbustos en flor y un prado para practicar danza al ritmo de tambor que Mauricio, hijo de Valeriano, se deleitaba en tocar. Durante sus caminatas por Pontus, Pedro Nel se detenía frecuentemente para conversar con ella, buscando saber más acerca de Nubia, el desierto y su cultura. Existía un gran contraste entre ese desierto de su origen y el trópico que ahora la contenía. Las arenas de Nubia no eran las arenas del Cauca. Pedro Nel veía en Camila una ventana a ese mundo ya tan esfumado de sus antepasados a pesar de que ella no era en realidad copta sino musulmana por tradición. Cualquier adherencia musulmana en Camila fue perdida entre Nubia y Pontus, bajo el cariño de Octavio y la demanda afectiva de Catalina.

Camila era una hembra un poco menos alta que Octavio, con enormes dotes físicas una vez ocultas bajo esas túnicas y bufandas árabes que colgaban de la nuca al suelo. Ahora Camila gozaba de su nueva libertad tropical vistiendo trajes estrechos con descotes amplios detrás de los cuales sus pechos danzaban vivaces al vaivén de sus grandes caderas apoyadas por piernas como pilares de bronce sostenidas sobre los tacones más altos posibles. Además de ser un desafío a los principios de la ingeniería estructural, Camila parecía ser la encarnación de estatuas prehistóricas de fertilidad, como esa Venus de Wittendorf que Octavio apreció en un libro de arte.

Una vez aclimatada a Pontus, Camila exudaba sexualidad y pretendía sonrojarse cuando el encanto de su figura atraía una gran multitud cada semana que descendía transfigurada sobre su caseta-restaurante donde a medianoche ella se trepaba sobre las mesas para bailar su versión de una danza salvaje terminando semidesnuda en los brazos de un cliente a quien besaba en la frente dejando una marca de lápiz de labio que exoneraba al cliente de pagar la cuenta. Nadie podía tocarla o conquistarla, pero la tensión era suficiente aliciente para atraer a hombres que nunca antes fueron tentados de esa manera. El impacto de su danza invariablemente causaba burdas imitaciones por otros comensales; y en la bruma de la medianoche, escondidas por la luz timorata de velas y lámparas de gasolina, muchas parejas se encontraban engarzadas en un ritual desconocido y excitante, frotándose estremecidas bajo el repiqueteo de un tamboreo constante, casi o a veces totalmente desnudas sobre el piso de baile.

El mero hecho de pregonar en público haber estado en Pontus por la medianoche era razón para sendas reacciones de murmullos y guiños de ojo que significaban entendimiento o envidia de la más pura. Decía el sacerdote jesuita don Antoni Moncada de Llobregat que eso era nada más que una orgía pagana meritoria de condenación, arrepentimiento y confesión, aunque Camila sostenía que era solamente un evento cultural restaurativo e inocente. Don Antoni era un misionero jesuita nacido en Barcelona al pie de Montjuic, que fue instalado al principio por el obispo como párroco de Pontus para tratar de contrarrestar el efecto de tanta lujuria, pero quien a la larga fue ascendido a la Iglesia de San Nicolás por su elocuencia desde el púlpito y tal vez alguna charla de Octavio con el obispo. Veinte años antes, Pedro Nel, el padre de Octavio, lo recibió con magnanimidad, construyéndole una capilla de bahareque con techo de metal corrugado y un dormitorio adjunto de tres piezas con sala de estudio donde el misionero colocó su colección de libros. A pesar de estar abrumado con tanta gentileza, don Antoni no podía en estos nuevos tiempos borrar de su mente la imagen vibrante de la bella Camila, flotando semidesnuda sobre las mesas, arropada en bufandas de seda. Capítulos enteros del Viejo Testamento en el *Libro de Reyes* y las *Crónicas* le atormentaban el sueño, y el eco mental del tamboreo resonaba y exacerbaba su carne. Imágenes de Camila, Jezabel, Salomé y Mesalina formaban un torbellino de lujuria en su mente, mortificando su visión evangélica. Hacer algo significaba hacer nada. Su visión casta y la realidad lujuriosa chocaban en la mitad de su perspectiva. Mundo, demonio y carne se confabulaban para frustrar su impulso evangélico misionero. Así visitaba a Pontus cada sábado durante el mercado, haciendo oración en la capilla y conversando a largo con Pedro Nel sobre asuntos de salvación y moralidad. Sentados en el dique al borde del río los dos hombres compartían vasos de champús y a veces tamales o empanadas. Existía un gran respeto entre ambos y Pontus los contenía con amabilidad. Don Antoni no podía ocultar sus miradas errantes a través de la plaza buscando a Camila, casi como un colegial busca al objeto de sus afectos a través de un patio escolar. Camila evitaba hablar con él o las monjas que venían inocentemente a tratar de evangelizarla. En verdad, Camila era una criatura del desierto, como una gacela dorca, grata de ver pero imposible de capturar. En realidad, ella no concebía salir de una disciplina como la musulmana y adoptar otra bastante parecida como la cristiana. Libertad significaba para ella una posición espiritual neutral independiente. Las heridas musulmanas incurridas en el Sudán estaban todavía bastante presentes en su cuerpo y mente a pesar de la distancia y el entorno.

Por sugerencia de don Antoni, un grupo de damas creyentes que cuidaba del altar en la catedral visitó a Camila para ver la manera de evangelizarla de mujer a mujer, dado que el método tradicional exhortativo no había surtido efecto. Así, cinco damas fieles tocaron a la puerta de la casa de Camila un mediodía de domingo durante el cual Catalina solía dormir tarde recuperándose de esa danza frenética del sábado en la noche. Con mucha gracia les dio la bienvenida compartiendo una taza de té de manzanilla con miel de abejas y unos panderos. Luego de mucha charla sobre sus orígenes en Nubia y su viaje a Pontus con Catalina, las damas le pidieron a Camila una demostración de su danza como para llegar a conocerla mejor. Sin mucha timidez, Camila demostró unos pasos básicos que algunas entonces trataron de imitar con bastante temor. Al cabo de un rato todas estaban danzando y sintiéndose más cómodas, progresivamente saliéndose de sus vestidos ante el gran asombro de Camila. La manzanilla pronto fue remplazada por ese aguardiente de caña destilada por Alejandro que tenía un alto grado de fuerza alcohólica. Con los primeros arreboles del atardecer las cinco damas habían obtenido un estado muy avanzado de embriaguez y Camila las instó a sentarse en su sala para dejar pasar un tiempo antes de regresar a la ciudad. Todas cayeron dormidas y así las encontró Octavio al día siguiente, cuando pasó por la casa para tomar desayuno con Camila que le indicaba con un movimiento de hombros fruncidos que esto era una cosa sin muchas explicaciones y sobre la cual ella era vastamente inocente. Tomó la mayor parte de la mañana y muchos pocillos de café negro para recobrar un sentido de normalidad entre el grupo visitante. Algunas recordaban la danza mientras otras hacían mención del aguardiente que habían tomado calentado con panderos. Una estaba todavía arropada en bufandas de seda con una sonrisa de oreja a oreja. El proceso de evangelización resultó en una liberación de mente, cuerpo y espíritu contraria tal vez a las intenciones originales. Las cinco mujeres insistieron en continuar la amistad con reuniones periódicas y una posible asistencia con sus esposos un día sábado al bar de Camila. Octavio tomó su café muy apresuradamente y salió para su oficina sin saber exactamente qué había pasado. Camila se despidió de sus nuevas amigas y regresó a su lecho.

En su visita a Pedro Nel la semana siguiente, don Antoni no se percataba de lo ocurrido y seguía tratando de vislumbrar a Camila entre la multitud del mercado.

Veinticinco

En la biblioteca legada por el abuelo de San Antonio, Camila encontró una cajita de madera de sándalo adornada con incrustaciones de cobre y nácar que contenía en su fondo de felpa anaranjada una colección de imágenes del *Kama Sutra* grabadas al estilo hindú. Camila se llevó la cajita a su casa y por muchos días se deleitó en estudiar los dibujos y las diversas posiciones que ellos ilustraban. Venía con un texto en sánscrito, pero no importaba dado que las imágenes se explicaban solas.

Sucedió, por causalidad, que Octavio sufrió un brote de fiebre por problemas estomacales y Camila se ofreció para ser su enfermera. Aplicándole compresas de agua fresca junto con masajes con aceite de coco y varias tizanas prescritas por Valeriano, la calentura empezó a bajar. Solo restaba recuperar la energía para declarar a Octavio debidamente curado. Sucedió que, durante una sesión de masaje, Camila se percató del pene erecto de Octavio. Ese pene que causó tremendo escándalo en la piscina del palacio en Ravenna. Confundida, sin saber qué hacer, Camila frotó el miembro vigorosamente y arropó la cabeza con sus labios para recoger el jugo que emanaba como una erupción volcánica. En el silencio posterior, Camila se desnudó sobre Octavio, quien la tomó en su abrazo y frotó con aceite de pies a cabeza, como a un objeto sagrado recién encontrado. La tarde pasó con ambos entrelazados en un abrazo mudo, largo y dulce sin probabilidades de penetración coital dada la condición vaginal de Camila, que se discute luego.

Desde esa tarde, Camila entraba a menudo a la alcoba de Octavio para instruirlo en las técnicas sexuales ilustradas en las imágenes del libro contenido en la cajita de sándalo. A su manera, Camila había traducido cada imagen con ardor y creatividad que agradaban a Octavio y le enardecían su masculinidad. Nadie se dio cuenta de la ausencia de la cajita de la biblioteca, excepto Pedro Nel, que sospechaba y sonreía complacido.

Ser la amante de Octavio significaba para Camila tener un muelle donde anclar su persona en su totalidad y su necesidad de darse sin reservaciones a alguien de verdadero mérito.

Veintiséis

Mucho antes de ir a Italia, Octavio y su hermano Segundo establecieron un negocio de arena. Cuando el río se volvió muy profundo para el buceo, Octavio buscó una draga de esas que limpian los canales para los barcos en los puertos y la instaló en una lancha anclada a las orillas. Empezó entonces a explorar en tierra firme, excavando canales entre la orilla y los bosques de guadua a través de los pantanos fluviales formados por las inundaciones periódicas. De cierta manera Octavio veía esto como parte de una campaña contra el paludismo apoyada por fumigaciones por la Fuerza Aérea que estaba construyendo una escuela para pilotos en las cercanías. La batalla contra los mosquitos y el paludismo era un esfuerzo constante que demandaba una atención bien enfocada. Con el tiempo, la producción de arena aumentó y los buzos se volvieron capataces y vendedores o pescadores.

La llegada de la draga por el ferrocarril fue causa de mucha celebración y una remodelación de la ramada en un edificio de ladrillo muy parecido a una villa romana, adjunta a lo que Pedro Nel llamaba la plaza mayor, donde se celebraban los días de mercado y las fiestas públicas. Siguiendo las reglas de Felipe Segundo en las Leyes de Indias, la plaza estaba enmarcada por la capilla, una escuela, la alcaldía, y las casas de Pedro Nel y Octavio, con los restaurantes situados al lado de la alcaldía en el lado opuesto de la escuela. Ahora, con su regreso de Italia, Octavio reconectaba con su juventud y buscaba elevar a Pontus por encima de una villa humilde hacia un punto de liderazgo regional consecuente. La excavación de Arenas Roma dejó de funcionar para contrarrestar la erosión y su impacto sobre el medio ambiente. Además, el río estaba ya muerto por falta de oxígeno y los excesos centenarios de la minería legal e ilegal de oro con el uso desmedido de mercurio a todo lo largo del cauce, desde la cabecera hasta las partes intermedias. Además de las minas legales, aparecieron un sinnúmero de minas ilegales causadas por el deseo de riqueza rápida y la escasez de empleo viable. Una verdadera fiebre minera imperaba a lo largo del río que no admitía paliativos de ningún orden. Todos tenían derecho a todo y ni la ecología o el sentido común importaban de cara a la ambición. Masas de peces muertos flotaban constantemente sobre un agua ya negra y hedionda que empeoraba más en la marcha hacia el norte, pues más minas se abrían en Antioquia para satisfacer la codicia y el desespero de mineros ineptos sin concepto de consecuencias otras que una potencial ganancia inmediata. Había que buscar oro de todas maneras y las orillas del río parecían tenerlo en cantidades suficientes como para alimentar la ilusión de riqueza. Claro que el uso desmesurado de mercurio terminaba afectando tanto a los mineros como al río, creando un círculo vicioso y mortal sin salida posible o deseada. Era tal vez mejor morir pobre buscando riqueza que hacerlo sin buscarla, parecía ser el consenso. La enfermedad de El Dorado continuaba azotando a los descendientes de conquistadores con las mismas consecuencias. Así, en medio de la fiebre de oro el río ya era un cadáver con su cortejo de peces muertos y riberas deshojadas y miserables. Las predicciones de Humboldt acerca del impacto destructivo sobre el paisaje y la cultura contenidas en su *Cosmos* y ese *Ensayo Político Sobre el Reino de Nueva España* (*Political Essay on the Kingdom of New Spain*), que junto con otras obras afirmaban negativamente esos esfuerzos desmedidos de enriquecimiento que se ejecutaban nefastamente no solo en el valle del Cauca pero en todo el entorno nacional. La mala herencia de una colonización a toda costa con maníaca extracción de recursos se podía observar ahora antes de una hecatombe final. La desbocada colectiva sin frenos hacia el borde del abismo había infectado la mente nacional con esa herencia de la urgente avaricia de España que devastó al mundo sin beneficio evidente y duradero para la "madre patria". Avaricia y desidia se combinaban para crear una cultura irresponsable y hambrienta de privilegio. La muerte de los ríos era solo una casualidad lamentable de manera menor. ¿Para qué sirve un río cuando hay oro en la orilla?

Veintisiete

Claro que cualquier advertencia de la boca de un negro hijo de esclavos como Octavio no sería bien recibida por las élites tanto como las clases bajas intermedias conformadas por ese criollo producto de un amalgama étnico guiado a ser sencillo, sumiso y abnegado para beneficio de los patrones y la Iglesia Católica. La enseñanza en las escuelas sobre la cual se pelearon varias guerras no se elevaba más allá de rudimentos básicos sofocados en una neblina de historia nacional y cristiana mezclada con las arengas de gamonales, caudillos y caciques. Por todas las medidas, el hombre de campo tanto como el urbano era una criatura simple flotando bajo el viento de varios fanatismos político-religiosos que prevenían una orden definida de progreso. Octavio sabía esto y luchaba poderosamente por articular una medida racional efectiva para solventar la ignorancia y mover a este hombre sencillo hacia logros de verdadera importancia.

¿Pero dónde principiar? Pedro Nel empezó un esfuerzo por alfabetización luego de la fundación de Pontus que resultó en la liberación académica de su población de Pontus y algunas comunidades aledañas. Este impulso parecía desvanecerse ante la rápida urbanización de la ciudad y el éxodo del campo luego de las guerras. Existía una población rural viviendo en ciudades como si fuera en refugios sin la más mínima idea de cómo deberían funcionar en realidad dentro de las urbes. Por mera docilidad buscaban empleo bajo un patrón y aceptaban verdaderos "salarios de miedo" en la creencia de que eran limosnas o premios por buena conducta. Pocos tenían las herramientas de artes y oficios requeridos por fábricas y empleadores urbanos. La ausencia de planes efectivos de vivienda rural y urbana condenaba a estas poblaciones a una vida estrecha de autoconsumo o canibalismo de recursos y personas. Octavio pensaba largo y fuerte sobre maneras y medidas para promover un ejercicio decoroso de la actividad cívica, como varios sociólogos argumentaron sin efecto notable.

Las estadísticas de desempleo, analfabetismo y pobreza eran alarmantes y hasta se podía decir que eran verdaderamente horripilantes. En este medio se zambullía Octavio con una secuela de conocimiento fresco y positivo empujado por un deseo de alimentar un cambio benéfico. Jurisprudencia estaba simplemente al servicio de justicia. El analfabetismo contenía casi un cuarenta y cinco por ciento de la población con casi millón y medio de niños y huérfanos sin escuela o poca escuela, especialmente en el campo. De la partición de tierra luego de la independencia resultaron un cuatro por ciento de propietarios o latifundistas con sesenta y cinco por ciento de la tierra. Los campesinos que bregaron en el ejército de Bolívar recibieron apenas el cuatro por ciento de la tierra cultivable. Para Octavio resultaba realmente insano pensar en estas cosas mientras los politiqueros y latifundistas buscaban artimañas para frustrar cualquier vestigio de reforma. Había que buscar un cambio de raíz. ¿Cómo hacerlo?

El deseo agónico de Bolívar por la cesación de partidos podría bien ser una primera etapa. Sin embargo, la vida nacional por doscientos años había girado sobre una contienda de extremos nublada a través del tiempo y la ignorancia. El asunto de matarse entre sí por ser de un bando o del otro evolucionaba sigilosamente en otras formas de confrontación y destrucción.

El secuestro de Pedro Nel se podría entender como la alborada de un cambio tectónico entre guerra partidista y guerra narcotraficante. En el Congreso de Angostura y en otras ocasiones Bolívar entendió al campesino colombiano como un proveedor de productos al mundo sacando provecho de la fertilidad de la tierra y la necesidad por los productos de la agricultura tropical en los mercados de Europa y Norteamérica. Este énfasis le devengaría al país una entrada extraordinaria de dinero para apoyar un sinnúmero de programas y beneficios. No mencionaba entre sus ideales el cultivo extenso de marihuana y la producción de cocaína. Sin embargo, el resultado de las guerras internas fue la fractura de la agricultura formal y la emergencia de una empresa de drogas y secuestros incrementadamente mejor organizados que asaltaron la autoridad civil y moral para crear una subcultura factualmente antinómica y tanatológica.

En este clima, Octavio y Pedro Nel perseguían sus ideales de lugar y gobierno llenos de confianza y esperanza. Existía un exceso de buena voluntad e intenciones en espera de un punto de cuajar. ¿Era todavía posible elevar la mente de la población hacia esos ideales de lo bueno, lo bello y lo verdadero que formaron la conciencia creadora de Pontus?

Octavio empezó a trabajar con gran diligencia para organizar institutos de artes y oficios junto con granjas experimentales para ofrecer verdaderas opciones a las negrerías y los despojados. Era un asunto de instrucción para establecer las bases de una eventual posesión de tierras. El Congreso de Negritudes y Desposeídos vivía no solo en la mente de Octavio, pero estaba empezando a ser imbuido en otros a lo largo del litoral Pacífico. De manera incansable Octavio marchó a pie o a caballo por esa costa aún salvaje e inhóspita donde los hijos de esclavos buscaron un lugar para escapar del cautiverio o perseguir una vida independiente. Desde Tumaco en el sur, Octavio marchó hasta Timbiquí y Guapí, exaltando las posibilidades de una industria marina y turística que les permitiese a los habitantes obtener beneficios palpables de su ramo con la independencia de autosuficiencia en cooperativas. Era muy difícil convencer a grupos cuya voluntad fue hace tiempo doblegada por medio de estratagemas de servidumbre y humillación. Octavio encontraba mucha emoción acerca de obtener mejores resultados financieros pero escasa voluntad de tomar el riesgo sin la ayuda o empuje de un patrón. Ser autosuficiente era un concepto fácil de entender, pero difícil en extremo de implementar.

Gracias a unas donaciones generosas desde Italia,

Octavio pudo establecer institutos de artes y oficios en Tumaco, Timbiquí y Guapí donde misioneros salesianos podían enseñar varios oficios como ebanistería, construcción, albañilería, soldadura, cerrajería, junto con instrucción en lechería, ganadería, avicultura, jardinería, cultivo de vegetales y frutas, y hasta apicultura. Para Octavio estos esfuerzos eran un primer paso hacia una vida más plena e independiente. Los más ancianos no podían ver el futuro por la niebla pesada de la esclavitud, pero los jóvenes ya empezaban a vislumbrar un mañana mejor a pesar de tener que prepararse para ello.

Nada era automático y todo requería esfuerzo y mucho más tiempo del que tenían. Más arriba de la costa, desde Buenaventura hasta la desembocadura misma del río San Juan, se encontraban playas repletas de hojarasca donde no era placentero nadar o vadear, pero con un esfuerzo de limpieza ayudado por la resaca de las mareas era posible acicalar las playas y tornarlas en lugares atractivos. Octavio recorrió esta área junto con Pedro Nel, acompañados de Catalina y Camila. Era en realidad un sector accesible desde el valle del Cauca, con enormes posibilidades para el negocio de hospitalidad en un borde tropical bastante hechizante y atractivo.

Catalina se deleitaba galopando por las playas y sumergiéndose en las olas grises y poderosas de un mar muy diferente al Caribe azul. Hacia la alborada y el atardecer miles de cangrejos se desplazaban en olas de rojo y gris sobre las playas ocres y amarillas. En la distancia, las ballenas saltaban y amamantaban sus cachorros recién nacidos en las ensenadas más arriba en el litoral hacia Urabá. En su sagaz mente Octavio veía turistas norteamericanos y europeos, tanto como locales, gozando de estos lugares primitivos.

Las chozas de viejos esclavos construidas al borde de la marea alta se podrían reacondicionar para ofrecer un hospedaje primitivo pero agradable mientras se desarrollaba una industria paralela de pesquería que podría sostener la comunidad de manera holgada.

La imaginación de Octavio estaba repleta de conceptos tal vez muy avanzados para la condición presente, pero a la medida del futuro. En su expansión territorial criminal, las guerrillas narcotraficantes se habían apoderado de grandes pedazos del litoral para empacar y exportar su producto a Panamá y Nicaragua. Era necesario purgarlas y recuperar el territorio para las negrerías y los desalojados. Estas eran tierras bastante olvidadas, lejos del centro del país, de poco interés para los terratenientes y latifundistas por la dificultad de penetración. Sin embargo, para Octavio todo requería una voluntad bien enfocada e inquebrantable, como la de Pedro Nel. Obtener la tierra era más fácil que ganar a las personas.

Había un territorio muy extenso, desde el río Patía hasta la sierra de Urabá y del río Atrato hasta el litoral Pacífico. Antes de la llegada de los españoles era el dominio de los embera o catíos y los kuna. Con el descubrimiento de oro y platino llegaron los esclavos por ser más fuertes que los nativos para trabajar en las minas. Antes de la independencia y la liberación de los esclavos, muchos habían escapado y construido hogares al borde de ríos con la avenencia de los indígenas. Una vez luchada y obtenida la independencia y la libertad de los esclavos, unas décadas después, hubo un gran movimiento de esclavos desplazados y desempleados hacia esta región. Las condiciones de pobreza eran extremas y muchos se volvieron sirvientes en las minas para subsistir bajo el sistema de manumisión que emergió en ausencia de la esclavitud. No que existía una diferencia significativa entre los dos sistemas. Pedro Nel no entendía esa sumisión tan extrema entre los mineros y la actitud humillada entre el resto de la población negra. Así se lo exponía a Octavio, quien era más optimista. Pare él todo era un asunto de educación y coraje inyectado por un constante diálogo de afirmación positiva. Era un asunto de hacer que la gente llegara a creer en sí mismos por medio de ejemplo y voz positiva. El pensamiento servil forzado sobre los estratos más bajos por más de doscientos años tomaría tiempo en ser extirpado.

El triunfo de Pontus era usado a menudo para elevar los espíritus y proveer un ejemplo palpable. Miembros de la vieja cuadrilla eran llamados a visitar estas comarcas para ser introducidos por Octavio como experimentados veteranos capaces de demostrar las palabras y el encomio que fluía de Octavio. Era un asunto de mostrar que fluía más substancia por debajo de la leyenda de Pedro Nel y Pontus. Cautela se podía identificar como sabiduría en gente humillada por siglos de maltrato y desidia. Sin embargo, Octavio empujaba sus ideas con energía y compasión, pero con mano firme, como un piloto de barco en tempestades de altamar.

Veintiocho

Camila, con su herencia nubia nunca bien entendida lejos de su sensualidad, se dedicaba luego de cuidar a Catalina a evitar el acecho febril de varones enajenados por su danza y presencia. La sexualidad física de Camila tenía límites severos, tal vez impenetrables, debidos a la *tahara* o circuncisión recibida a sus ocho años. Se trató de una infibulación hecha por una matrona de acuerdo con las costumbres musulmanas de Nubia. Con una vieja espadilla le cortaron ambas labias, una porción del clítoris y cosieron su vulva dejando solo un pequeño orificio para orinar y pasar el flujo menstrual. Con el tiempo todo cicatrizó en una sola masa que prevenía penetración y el placer de un coito carnal. De esta manera, Camila era un eunuco femenino. Antes de entrar al servicio permanente de Octavio, varios hombres intentaron romper esa cerradura; quedando solo con la frustración de no poder hacerlo. A largo plazo, Camila llegó a ufanarse de su invencibilidad usando sus manos y labios para producir lo que un coito formal no podía lograr.

Todos llegaron a creer que Octavio y Camila tenían una relación amorosa y física que muy a diario parecía ser demostrada por la manera tierna con que ella lo trataba. No había tiempo ni sentido en negarlo. Octavio la trataba como una esposa y Catalina trataba a Camila como una madre. El llegar al trópico tan diferente del desierto nubio había despertado en Camila una pasión más grande por su entorno y por sí misma. No era solamente un asunto de traslado. El verdor del entorno con el cantar de los pájaros y los puntos de exclamación por la diversidad de flores le llenaban el alma de sentimientos muy agradables y a veces sensuales.

Alejada de las convenciones nubias y egipcias, envueltas en sus prácticas musulmanas estrictas y frecuentemente barbáricas, ya era posible para Camila obtener una independencia mental y espiritual que le permitía ser la persona que su mente y corazón siempre desearon. Trasplantada del desierto al trópico, Camila crecía, florecía y daba fruto generoso en ese Pontus donde había libertad y cariño además de una humedad restaurativa bajo la brisa suave de la cordillera que fertilizaba tanto la mente como el espíritu y el cuerpo. No había punto de comparación entre Kharga y Pontus. Existía amor, afecto y respeto. Libertad completa. La feminidad de Camila florecía en Pontus, para deleite de Octavio, y como un gran ejemplo para Catalina. Aquí Camila empezó a ser mujer de una manera total y Octavio pudo balancear su mente con un placer suave y vivificante. Camila no demandaba actos heroicos de machismo. Era suficiente para ella saber que Octavio estaba siempre a su lado, como un fiel compañero, para compartir momentos de alegría y cualquier pesar que podría venir. Todo era tan simple.

Veintinueve

Con la muerte del río, Octavio se dedicó a promover medidas de purificación y recuperación ambiental que muy pronto encontraron oposición de parte de los mineros, los ministerios, los comerciantes de metales preciosos y en especial de las guerrillas, que en ese entonces venían produciendo cocaína en las selvas y cabeceras de las vertientes hidrográficas, envenenando la naturaleza de los riachuelos y los potreros que poco antes apoyaban una vida campesina y sencilla. Las fuerzas consagradas a las funciones de recuperación eran sobornadas o amedrentadas con extrema facilidad; sin embargo, Octavio persistía en sus labores con una vaga esperanza de triunfo sostenida casi en su totalidad por el convencimiento del buen propósito de su misión. El pensamiento de Octavio estaba imbuido de esa ética aristotélica con su panoplia de virtudes que no tenían valor de cambio en un país antitético y probablemente egoísta y antinómico al extremo. En otra edad Octavio habría sido el caballero inocente, sin miedo y sin tacha, atacando molinos de viento; o una imagen masculina de Juana de Arco, luchando contra toda adversidad satánica por la verdad de su fe. En estos momentos y en este país ni la fe ni la verdad importaban. Octavio era un extraño que parecía haber caído del espacio.

Con el paso del tiempo, Pontus se vio más aislado del pulso de la región y del país. Leyes de consumo, distribución y sanidad impuestas por monopolistas y latifundistas se erigieron progresivamente como barreras contra el mercadeo libre de sus productos. Bandas de guerrilleros se tomaban reses y cerdos luego de matar a los mastines a punto de metralleta. Los galpones donde se guardaban quesos, jaleas y conservas fueron atacados y quemados (se dice "liberados") a nombre de los desposeídos y la justicia social. El mercado semanal dejó de funcionar por falta de materiales y productos, tanto como clientes amedrentados por peajes extraoficiales instaurados por la guerrilla y los narcotraficantes. Por razones difíciles de explicar o comprender solo los bares y los restaurantes continuaban en servicio. Los veteranos de la banda guerrillera del 1877 envejecieron y empezaron a morir, dejando herederos confusos, repletos de codicia y poco coraje para mantener el riesgo de independencia y empresa.

Pontus empezó así a deshilacharse como una sábana vieja. El tejido de la comunidad se rasgaba sin capacidad de sostener ese sueño de Pedro Nel ya en su edad postrera. Calderón de la Barca dice que *"la vida es sueño y los sueños, sueños son"* pero no es posible calcular las dimensiones del sueño. La ceguera siempre espera impaciente bajo los párpados detrás de las cataratas.

A pesar de todo, Octavio continuaba su lucha organizando reuniones, editando panfletos, enseñando talleres acerca de desarrollo económico, construyendo granjas experimentales, promoviendo educación en artes y oficios, entusiasmando a campesinos dóciles. Todo tomaba mucha energía. Más de la que él podía tener o compartir. Los triunfos eran escasos y muy aparte unos de otros. Solo Pedro Nel y Camila los animaban. Los demás estaban indecisos. Con el tiempo se había desvanecido el coraje. Cambios demandan riesgos y no es fácil arriesgar sin tener una visión poderosa que sobrepase los temores. La vida en Pontus fue apacible y segura. No tenían necesidad de arriesgarse. ¿Por qué ayudar a otros? ¿No pueden ellos conseguir su propia tierra? ¿Por qué no copian nuestro ejemplo? El problema era que la tierra estaba en manos de latifundistas y la poca que estaba libre no era suficiente para el número que necesitaba un lugar. Cómo hacer mucho de la nada. No es cada día que se pueden multiplicar los panes y los peces. Tocaba recordar también que el multiplicador fue crucificado.

Treinta

En su gozo por el regreso de Octavio y la presencia de Catalina, Pedro Nel se dedicó a guiar a su nieta y a Camila por toda la región, discutiendo sus lecturas y comentarios sobre Agustín y Boethio junto con relatos del folklore de lugares y espacios. De alguna manera lograba contrastar *La Ciudad de Dios* con Pontus y la *Consolación de Filosofía* con su peregrinaje. Camila y Catalina lo escuchaban con admiración, pero gozaban más de las jornadas y el medio ambiente de pastizales, colinas y farallones cortados por ríos y quebradas. Escalando lomas para deleitarse en contemplar las faldas de las montañas cubiertas del azul y amarillo de guayacanes y jacarandas. Acampando de noche viendo las estrellas y constelaciones del sur deslizándose sobre el espacio negro de los cielos pretendiendo trazar viajes siderales. Flotando en charcos cristalinos con peces multicolor mordiendo los dedos o rozando la piel. Recogiendo moras hasta el empacho a lo largo de cercas y senderos.

Sorprendiendo torcazas y perdices en los matorrales viéndolas esparcirse en todas direcciones con su canto particular.

En Pedro Nel existía un enlace entre África y Sur América que unificaba la experiencia de vida. Para Camila esto era un eslabón que daba sentido a su jornada ampliando el significado de su vida. Para Catalina todo era parte de una herencia aún difícil de comprender pero no imposible de amar y estimar. En días de lluvia Catalina se sentaba en la biblioteca de Pedro Nel oliendo y hojeando libros como un sabueso dejando que el abuelo le explicara los temas del contenido. Esa biblioteca era un monumento enorme y seductor que impresionaba su mente adolescente hambrienta de conocimiento. Como los monumentos de Abu Simbel al fondo de ese Egipto que la vio nacer, su abuelo se erigía en un dios enorme y sabio que le daba una ínfula de saber y aprender.

Los esfuerzos de Octavio se frustraban a paso rápido en medio de la indolencia de la población cuyo sentido cívico ya había sido desquiciado por la guerra constante de bala y palabra. Al cabo del tiempo las consignas no alimentan pero sustentan debilidad de mente y corazón. No había sensibilidad para otra cosa que una vida en paz alejada de toda confrontación con esa realidad desfigurada de un país flotando tan muerto como el río. Todo mundo quería paz a toda costa sin saber el costo o el significado. La pérdida del apoyo y de la tradición debida a la muerte de los miembros originales de la cuadrilla y el vandalismo desatado sobre el patrimonio de Pontus lo llevaba a pensar en un regreso a Italia con Catalina y Camila. Tal vez Pedro Nel también podría emigrar con ellos. Tenía más razones para partir que para quedarse. Pontus, como el río, flotaba sin vida. ¿Podría haber vida en otro lugar o era este el lugar para completar la gesta, incluyendo la muerte? ¿Cómo se sabe si se está muerto en un país ya difunto y esfumado? La pregunta de Leonardo continuaba latente: *¿Se ha hecho algo? ¿Se ha acabado el tiempo?*

Treinta y uno

Hacia el fin de la tarde, cuando Pedro Nel estaba tomando una taza de café con pandebono en el pórtico de su casa, llegó una tropilla de guerrilleros armados a buscarlo. Sin ningún temor se identificó y les demandó saber qué clase de negocio hacían en su pueblo. Ya se había discutido la inviolabilidad de Pontus y el resultado de su secuestro aumentó esa posición. El cabecilla le increpó con una arenga sobre el nuevo orden y la redistribución de riqueza. Pedro Nel respondió con un discursillo sobre propiedad privada y libertad que fue abucheado por la tropilla. Octavio, desde el otro lado de la plaza mayor, pudo observar la llegada de la tropilla y acudió a ver de qué se trataba. Llegó justo cuando Pedro Nel terminaba de hablar y el cabecilla le daba un culetazo en la cara con su metralleta. Con soberbia, Octavio le arrebató el arma y disparó a su alrededor, hiriendo a varios hombres para sorpresa del cabecilla. El tiroteo llamó la atención de la comarca, la cual salió a la plaza mayor a ver qué pasaba. Parado con la metralleta, Octavio fue abaleado por la tropilla mientras el cabecilla le daba un tiro en la cabeza a Pedro Nel. Cuando Valeriano alcanzó a llegar con su rifle, ya la tropilla había huido por el puente hacia Santiago de Cali y la seguridad de sus guaridas urbanas.

Resulta que la tropilla había venido solo a amedrentar a Pedro Nel y demandar dinero, dado que él se veía como el líder de la comunidad con acceso a los depósitos de la caja de ahorros. Era una extorsión directa ordenada por uno de los cabecillas de los partidos tradicionales cuyo poder se veía amenazado por la presencia y fuerza de Pontus en el mercado tanto de víveres como de servicios sociales. No buscaban la eliminación de programas sino una devengación de privilegios en la forma de un soborno que tal vez sería un primer paso en coimas consecutivas. Aquí estaba la demostración y alcance de un sistema feudal primitivista instaurado con fines totalmente partidistas que cortaron el país en tajadas de provecho únicamente para terratenientes. La muerte de Pedro Nel y Octavio era meramente una casualidad sin consecuencias directas y potenciales beneficios a largo plazo. Tanto la guerrilla como el tráfico de drogas se beneficiaban por la eliminación de obstáculos físicos e intelectuales. Nadie se preocupaba sobre el futuro. Era suficiente vivir en un presente eterno ignorante de herencia y provecho.

Valeriano se hizo cargo de las honras fúnebres construyendo una plataforma en mitad de la plaza mayor donde padre e hijo serían puestos en cámara ardiente. La noticia del asalto resonó en Santiago de Cali, la comarca, y todo el país, con las consecuentes expresiones de condolencia y actas de elogio. El

Senado Nacional aprobó un acta de largo corte lamentando el crimen como una expresión vil de intereses maléficos y perniciosos contrarios a la virtud de la patria. Así lo hicieron también el concejo municipal y la asamblea departamental, con eco en los varios periódicos y órganos de información. Millares de campesinos junto con descendientes de esclavos llegaron hasta Pontus y se agruparon en la plaza mayor, consternados y adoloridos por la gran pérdida que el crimen representaba para sus esperanzas y realidades. Así, Octavio bajó del segundo piso en su caja repleta de flores a esa plataforma rodeada de leña y ramas florecidas de plumeria y guayacán. Sus pensamientos seguían corriendo por su memoria con imágenes de muchos momentos y sonidos. A su lado estaba su padre, con una mirada de sorpresa, en su traje de lino blanco con corbata roja y manojos de azalea y moras en flor. Velas de cera de abejas rodeaban la plataforma y varios incensarios empezaban a llenar la plaza de humo y aroma. Era una escena muy parecida a la de la Basílica de San Apolinario en Ravenna durante los oficios por Alessandra.

En Ravenna, la noticia del asalto y la muerte causó un repiqueteo de campanas en todas las torres de la ciudad y la universidad en Bologna. Un oficio fúnebre se celebró en la basílica, y el palacio se adornó de guirnaldas negras y manojos de lirios en floreros de cristal. Las monjas otra vez entraron en oración y *donna* María Inocencia se atavió de negro por varias semanas mientras el conde, ya nonagenario, vestía una cinta negra en su brazo derecho y lágrimas ocasionales en la esquina de sus ojos. En la universidad hicieron una ofrenda floral sobre el escritorio de cátedra que

Octavio utilizó en sus clases. A través del océano se sentía el dolor y la pérdida. En momentos de luto o tragedia se forjan proximidades que parecen germinar en nuevas esperanzas.

En Pontus se llenó la plaza mayor con gente de toda clase y edad. Todos traían ofrendas de flores que formaron una impresionante colina alrededor de los féretros. Una flor es la última y más sencilla ofrenda posible, Pedro Nel y Octavio estaban cubiertos de estas ofrendas de pétalos como besos de despedida y apreciación. El obispo de Santiago de Cali que fue el párroco de San Pedro cuando Pedro Nel era sacristán, llegó, se arrodilló y lloró copiosamente la muerte de su gran amigo. Miles que fueron curados por Pedro Nel se arrodillaron ante esa colina de flores que ya cubría por entero los cuerpos y entonaron oraciones y cantos de agradecimiento y acción de gracias. Desde el otro lado del puente se formó una fila que tomó casi dos días en pasar delante de la plataforma. Parecía que cada hora traía un nuevo escuadrón de dolientes. Octavio estaba sorprendido por la multitud que apareció en el sepelio y los pensamientos agradecidos. Nunca pensó que sus labores tendrían tan gratas memorias fuera de su mente. Le correspondió a Valeriano, ya bastante anciano, dar una oración fúnebre apoyado sobre el hombro de Catalina, quien luego de dos días había dejado de gemir. Por su parte, Camila se encerró en su casa y no quería salir. Por la noche había cortado todas sus flores y las llevó a los catafalcos, parada en silencio por varias horas ante esas colinas de pétalos que cubrían gran parte de su corazón. El gobernador habló, seguido por el alcalde y otros dignatarios, como era de costumbre. Eran discursos repletos de furia y de lo que no se pudo hacer por falta de coraje. Finalmente le llegó el turno a Valeriano. Con una voz lenta y muy calculada, narró las aventuras de Pedro Nel desde la guerra de 1877 y la enorme dicha de ver a Octavio crecer y llegar a ser un punto de luz y orgullo en la comarca. Dio gracias por el enriquecimiento de su vida y la gran amistad con que Pedro Nel y Octavio lo favorecieron. Con la voz entrecortada y lágrimas fluyendo sobre su cara repleta de sol, le dijo adiós a su amigo y al hijo tomando una antorcha para prender la leña e incinerar los cuerpos. Por varias horas la multitud se mantuvo de pie mientras las llamas ardían llenando el aire de la esencia de la leña y convertían los cuerpos en cenizas. Ni Pedro Nel ni Octavio podían ser contenidos en un hueco en la tierra. Sus espíritus se elevaban en ese aire húmedo y caliente entre dos cordilleras. Las cenizas fueron metidas en totumos grandes sellados con cera de abejas y decorados con notas caligráficas. Un escuadrón de garzas cruzó sobre la plaza como si fuera una formación de la Fuerza Aérea y coros de mirlas y titiribíes cantaron hasta que la luna llena los hizo callar.

Treinta y dos

Varios días después del sepelio, Valeriano arregló transporte para Catalina y Camila hacia Italia desde el nuevo aeropuerto que había sido construido por la Fuerza Aérea en el llano del Guabito cerca de Pontus. Sería un vuelo largo de Cali a Bogotá a Nueva York y de allí a Génova hasta Ravenna. Una nueva edad de transporte permitía suprimir el roce con la tierra y verlo todo desde lo más alto entre las nubes. El frailejón de los farallones estaba desapareciendo bajo el azote de las fábricas de droga. El valle estaba perdiendo su verdor tiñéndose de negro y café. Las nubes se extendían como un gran sudario azul, gris y lila templado entre las cordilleras. La ventanilla del avión partía la extensión del valle en pedacitos como tarjetas postales. Catalina llevaba las cenizas de su abuelo y su padre en totumos sellados con cera de abejas para esparcirlas en la necrópolis cerca del oasis de Kharga. De esta manera, los hijos de esclavos involuntarios regresaban a la primera libertad que sus antepasados habían conocido. Valeriano se quedaba viendo desaparecer al sueño de Pontus con sus ojos ya casi ciegos. Brotes de madreselva y enredaderas de moras empezaron a cubrir la plaza mayor como un lienzo de embalme. No brotaba tristeza tanto como un sentimiento de una labor interrumpida. Se le ofreció todo y eso era todo lo que se podía dar.

En poco tiempo, Valeriano fue invitado y transportado hasta Italia donde sus conocimientos botánicos fueron investigados por la Universidad de Bologna a instancias del Conde Romagnoli. Varias medicinas resultaron de esta labor. Paseando por el palacio, Valeriano sentía el pulso juvenil de Octavio y se sentaba en el salón principal a contemplar toda esa historia de los Romagnoli que podría haber sido bastante similar a la de Pontus si algunas cosas hubiesen cambiado. Catalina y Camila lo invitaron a su viaje hasta el oasis, pero ya Valeriano no tenía energía para más aventuras. Lo encontraron muerto en una silla; y con gran pompa y cariño lo sepultaron en la cripta del jardín como un allegado especial de la casa.

Catalina organizó el viaje a Kharga pensando en tomar una caravana en Cairo por esa ruta antigua de caravanas en lugar de bajar por el Nilo hasta Luxor. La vía terrestre tomaba veinte días mientras que la del río era asunto de cinco. Las lanchas se movían muy lentamente subiendo y bajando pasajeros a menudo. Los camellos surcaban lentos por las dunas como pensando en las dimensiones del horizonte y las conversaciones de la arena y el viento.

Así, Catalina bajó en caravana con Camila ya transformada en su vestimenta como una mujer árabe por asunto del entorno. Salieron con sus totumos de cenizas por bote de Ravenna hasta Cairo, allí encontraron a Omar, un beduino que llevaba caravanas de Cairo hasta tan arriba del Nilo como podía ser posible debido a las condiciones de seguridad. Llegar hasta el oasis de Kharga no representaba peligro alguno. Ir a Nubia era otra cosa. El viaje de regreso se podría hacer por bote desde Luxor o ferrocarril por la ladera derecha del río si las tormentas de arena no bloqueaban la vía. Omar llevaba una caravana de veinte camellos de carga y diez de pasajeros. Por casualidad, él recordaba la expedición y el nacimiento de una niña con la muerte de la madre. Uno de sus primos era un embalmador y había trabajado en la preparación de Alessandra. Encontrar ahora a esa niña le causaba mucha dicha y un sentido exaltado de protección que era muy agradecido por Catalina.

Vestidas a la manera árabe, disimulando su feminidad, ambas mujeres montaron en sus camellos y empezaron la jornada con paradas en tres oasis antes de Kharga. Cada oasis estaba a unos cuatro o cinco días de distancia. Se marchaba temprano en la mañana y hacia el anochecer para evitar esas altas temperaturas del mediodía. Los camellos tenían su propio paso y hábitos desarrollados desde cachorros. De muchas maneras, la velocidad del viaje dependía del sentimiento de los camellos más que de las condiciones del terreno. Llevando carga su paso era lento y apacible, casi intencional. Sentada a casi dos metros de altura, Catalina podía gozar de una visión del desierto correlativa a una trepada a los farallones. En la cima de cada duna se podía ver la inmensidad de ese mar de arena tomando tonos de sepia a naranja y de gris a púrpura. Camila se deleitaba hablando y cantando en árabe con una voz más profunda que modulaba como si fuese masculina. Omar llevaba cuatro o cinco sirvientes que arreaban los camellos y preparaban comida y refrescos. Había jóvenes y ancianos entre ellos, todos curtidos por el sol y bastante silenciosos pero excesivamente respetuosos. No eran beduinos, sino que venían de granjas árabes en Egipto. Por la información dada por Omar, ellos veían a Catalina como una mujer muy especial, digna de respeto y veneración. Su nacimiento era para ellos un gran milagro pocas veces visto. Esto le daba a Catalina un aura de protección enfatizada por la presencia de Camila como una celosa guardiana.

Llegaron luego de seis días de marcha al oasis de Bahariyya, que está en una región agricultural productora de guayabas, mangos, dátiles y aceitunas. Alrededor de una fogata los viajeros se saciaron con cuscús, codorniz y frutas. Catalina se alegró de poder bajarse por dos días de su "barco del desierto", cansada del meneo rítmico que parecía a veces ser más intenso que una mecedora mecánica. Camila se apreciaba rejuvenecida por el clima y la arena. Omar andaba muy solícito tratando de acomodar a sus viajeros de la manera más agradable posible.

Dos días después, emprendieron la marcha de cuatro días hacia el oasis de Farafra, donde Omar esperaba pasar cinco días comprando unos nuevos camellos. El oasis queda cerca del desierto Blanco, llamado así por las enormes formaciones de piedra de cal. Hay varias fuentes de agua potable y bosques de dátiles, además de naranjas, aceitunas y albaricoques.

Ya casi a la mitad de la jornada hasta Kharga encontraron un buen lugar para descansar. Omar consiguió unas túnicas negras que le permitieron a Catalina y Camila nadar en una de las fuentes con gran delicia durante la noche bajo la luz de la luna y las miradas sorprendidas de los sirvientes. De Farafra hasta el próximo oasis de Dakhlia era solo cuestión de tres días. Allí verían unas ruinas de un pueblo romano que luego se convirtió en una fortaleza musulmana en el siglo XII. Los miembros de la expedición del Instituto Francés de Arqueología Oriental que estuvieron en Kharga con Alessandra y Octavio vinieron unos años después a este lugar para examinar las ruinas y hacer un mapa del lugar. Tal vez Alessandra hubiera estado con ellos si las cosas hubiesen sido diferentes. La última etapa hasta el oasis de Kharga era también de tres días y tanto Catalina como Camila no se podían contener de la expectativa. Kharga es un gran oasis sobre esa ruta de caravanas llamada Dar-el-Arba o como Heródoto la llamó: "La Ruta de Cuarenta Días", la cual va desde Cairo hasta Darfur en el oeste de Libia, como se mencionó antes.

Una vez que arribaron, Catalina y Camila se apresuraron para llegar hasta la Necrópolis de Al-Bagawat con sus tumbas en forma de cúpulas, como panales y ruinas de capillas repletas de arte bizantino y cóptico que daban testimonio de presencia y fe. Con mucha solemnidad esparcieron las cenizas que el viento se llevaba en remolinos entre las tumbas y sobre la arena del desierto. En una esquina encontraron una placa atestando de la expedición del Instituto Francés de Arqueología Oriental con unas líneas conmemorativas de Alessandra Ben Efraim y su labor en las memorias y el nacimiento de Catalina Ben Efraim. Esta fue una enorme sorpresa para las dos mujeres, quienes, abrazadas al pie de la placa, sollozaron por un rato y se marcharon felices hacia el campamento. Una jornada de más de once mil kilómetros estaba concluida. Pedro Nel y Octavio eran ahora parte del desierto y esa herencia que los formó. Ya podían finalmente descansar en paz trotando por ese desierto de donde sus antepasados fueron raptados hacia la esclavitud. Otras jornadas llevadas a cabo por otros continuarán empezando y terminando. Las palabras de San Agustín resonaban debajo de las estrellas y **más** allá de ellas: *"El mundo es un libro. Los que no viajan apenas leen una página".* Todos somos parte del horizonte y viceversa.

Treinta y tres

El viaje de regreso implicaba otros cinco días en camello para cubrir los doscientos kilómetros hasta Luxor y tomar el tren para un viaje de diez a quince horas hasta El Cairo, que Catalina pensaba era una ruta más placentera para ella ya que cruzaba sobre un territorio de granjas que le podría hacer recordar ese valle del Cauca inscrito en su corazón. Omar le regaló a cada una un bastón tallado con motivos egipcios y nubios que narraba la jornada desde El Cairo hasta Luxor. La jornada de entrega estaba concluida. La respuesta a esa pregunta postrera de Leonardo estaba también finalizada hasta este punto. Se hizo algo a lo largo de tres vidas. Nada se ha terminado. La esperanza vivirá en los retoños en lugar de la nada.

De regreso a Ravenna, las dos mujeres se establecieron en el palacio, cuidando del conde y *donna* María Inocencia, ya nonagenarios. En todas partes veían el aura de Octavio y Alessandra. Nadando en la piscina, ambas se sentían arropadas por la presencia de

Octavio. Y en ese gran salón con los lienzos de antepasados, Catalina encontraba raíces profundas que la ligaban a Ravenna tanto como a Pontus, no por herencia o heráldica sino por sangre que al fin de todo es la misma cosa.

El conde y *donna* María Inocencia murieron silenciosamente durante el sueño a una semana el uno del otro. Los funerales fueron breves y privados, excepto por la presencia de varios cardenales y una legión de marineros de la flota mercantil del conde.

Postludio Uno

Se puede decir que hay puntos finales, aunque parece que la vida se suspende por etapas o se puntualiza por comas más que puntos. Las muertes de Pedro Nel y Octavio causaron mucha pena, pero también se tornaron en un llamado al coraje de miles de personas a través del territorio cubierto por sus pasos y sus sueños. El Congreso de Negrerías y Despojados celebró una reunión en la plaza mayor de Pontus, propiamente barrida por los nietos de la cuadrilla. Se discutió largo y tendido la dirección de esas iniciativas soñadas por Octavio y ahora apoyadas por fondos de varias fundaciones privadas de Norteamérica y Europa, dedicadas a la preservación de la selva ecuatorial y las riquezas naturales de la cuenca del Pacifico. Se presentaba un gran reto sobre un proyecto cuyas dimensiones eran muy vastas y casi imposibles de concebir. Preservación y rehabilitación corriendo de manera simultánea. Preservar el entorno natural y rehabilitar el entorno despojado. En la mente de

Octavio todo esto era posible, pero requería valentía, que no es otra cosa que integridad.

Catalina regresó varias veces a Pontus para trabajar con los nietos en la refrendación de los ideales para la rehabilitación de la comunidad cooperativa. Camila decidió no regresar por el dolor causado por la muerte de Octavio. Para Catalina el reto de re-hilvanar el sueño del abuelo y el padre se hacía más posible con una serie de donaciones generosas y un legado del conde y de *donna* Maria Inocencia en memoria de Octavio y Alessandra. Fue entonces posible para los descendientes de la cuadrilla poder apersonarse del sueño y avanzarlo a realizaciones concretas una vez purificado el entorno.

En su búsqueda por héroes para disimular la incapacidad y lasitud que había llevado a tan graves consecuencias, el gobierno nacional en colaboración con todos los gobiernos departamentales y locales establecieron un concurso para el diseño de un monumento memorial conmemorativo. Catalina se oponía vehemente pero su voz no alcanzaba a proyectarse por encima de la algarabía política de costumbre. En sus momentos más calmados, Catalina argumentaba que el mejor monumento era la captura de los responsables y sus cabecillas, seguida por su ejecución en la plaza mayor. Se sabía que los autores materiales operaban bajo el patrocinio de varios políticos de nota, así como los culpables del secuestro de Pedro Nel. Sin embargo, las leyes de cortesía en el ambiente político del país prevenían la expresión de esta verdad por el infinito número de lazos entre todos los partidos y sus dirigentes. La posición ética de Pedro Nel sobre la tripleta de virtudes predicadas por Santo

Tomás de Aquino era vastamente irrelevante en aquel concierto nacional. Los dos siglos de guerras habían quemado la conciencia pública del país. De todas maneras, el concurso produjo varias propuestas y las diez mejores fueron mostradas a un cuarto de escala en la plaza mayor. La propuesta ganadora consistía de un grupo de los trece hombres de la cuadrilla más Octavio emergiendo de las aguas del río Cauca cerca del puente. Marchaban juntos con sus rifles, como si estuviesen en campaña, con Pedro Nel al frente apuntando al cielo con su dedo derecho y Octavio a su lado seguido por los otros doce. Era una especie de réplica memorializada de esa columna instalada en la fundación de Pontus muchos años antes y destruida por las guerrillas. Catalina sugirió que se hiciera la escultura de basalto o granito negro, pero fue determinado que sería demasiado costoso por ser un conjunto de doce metros de largo por ocho metros de alto. Finalmente se aprobó una construcción de concreto negro luego de mucha discusión sobre qué clase de materiales se podrían usar. Todo parecía ser satisfactorio para todos los interesados hasta que grupos ecológicos no-gubernamentales expresaron su oposición por el impacto de la construcción sobre la vida biológica del río ya muerto.

A manera de respuesta a las objeciones ecológicas mal informadas, Catalina usó parte de su legado para patrocinar un estudio biológico e hidrográfico del río por un laboratorio belga, cuyas conclusiones demostraron que el río estaba muerto a causa de la contaminación por la minería excesiva de oro, carbón, bauxita y arena junto con el descargue de aguas residuales por las ciudades en su entorno, principalmente Popayán y Cali, además de contaminantes industriales. Al llegar a las cercanías de Yumbo, el río no tenía oxígeno. Se estimaba que el río recibía un promedio de quinientas toneladas diarias de basuras residuales. Un acueducto que tomaba agua del río para suplir cerca del setenta por ciento de la ciudad de Santiago de Cali con agua potable se veía obligado a suspender servicios de vez en cuando por el alto número de bacteria coliforme y la falta incremental de oxígeno en el agua. El reporte fue discutido muy acaloradamente en el consejo municipal por el "insulto" que según ellos representaba para la ciudad y el río. Catalina lo vio como una afirmación al trabajo de Octavio y su plan de rehabilitación del río mediante la clausura de la minería y descargue de contaminantes. Con el pasar de los días se calmaron los ánimos, el monumento se construyó y un gran acto de dedicación tuvo lugar en la plaza mayor mientras el río fluía muerto debajo del puente. Como en los viejos tiempos de Pedro Nel, hubo un comilón después de los discursos y el viejo Diomedes lanzó unos "cuetes" para estremecer los guaduales desprovistos de pericos por la contaminación de las riberas.

El Congreso de Negritudes y Despojados continuó sus labores, guiado por Catalina, en espera de la emergencia de nuevo liderazgo. Como no hay bien que por mal no venga, Catalina fue nombrada por el alcalde como directora del medio ambiente con jurisdicción sobre las cuencas hidrográficas que descendían de los farallones.

Asesorada por un botánico, un químico de aguas, y un artista de acuarelas, Catalina organizó una serie de excursiones de investigación a las cabeceras de los siete ríos que descienden sobre Santiago de Cali desde los farallones. Era terreno bien conocido por ella debido a los viajes con Pedro Nel y esta vez lo hacía con un fin científico que de alguna manera continuaba ese amor inculcado mucho antes por su abuelo y su padre. De alguna manera ella sentía la tierra muy profundamente dentro de sí misma. Esta era su tierra y este era su momento.

Con su equipo o cuadrilla hizo algo similar a Humboldt en Venezuela. Tomó muestras de agua a distancias periódicas, evaluó la condición vegetativa de las riberas, midió el volumen y profundidad del agua, sacó inventario de peces y fauna por las orillas, examinó el entorno residencial y comercial, y calificó el valor escénico de cada cauce. Al final de seis meses compiló un folio grueso con datos para cada cuenca, completo con hidrografías, dibujos y escenarios en acuarela y además con notas apropiadas, así como recomendaciones para preservación ambiental que incluían límites para desarrollo e intervención. La salud de las cuencas era bastante satisfactoria, excepto por los ríos Cali, Melendez y Aguacatal, que mostraban niveles altos de degradación química y física debido a la fatal influencia de invasiones residenciales, tala desmesurada de bosques y contaminación por efluentes y basuras de toda índole. Usando su legado, Catalina imprimió el folio en Italia y entregó cien ejemplares al gobernador, cuyo placer fue limitado por la reacción de varios grupos de interés político para quienes cualquier restricción en el uso y abuso corriente de las cuencas constituía un grave problema en su tendencia demagógica de proveer terreno gratis para vivienda o devengar beneficios de la explotación minera. La premisa era que los ríos se sanaban a causa de su flujo y no podía existir contaminación por mucho tiempo.

Cualquier avance significaba "progreso" que no se podía detener. Los folios fueron luego enviados a la biblioteca departamental para ser archivados junto con otras obras similares.

Catalina decidió entonces regresar a Italia. La rehabilitación de Pontus marchaba bien con nuevo liderazgo y el Congreso de Negrerías y Despojados continuaba con sus labores de educación e intervención exactamente como Octavio quiso. Era la hora exacta para regresar a Ravenna.

En Ravenna todo seguía en movimiento. Los torbellinos del desierto se trasladaban a la vida diaria de manera insospechada. Camila usaba ahora su nombre original de Khaama-Ella y en colaboración con un dueto de músicos había abierto un bar-restaurante en el área de los muelles. Era un viejo edificio de almacenamiento, tal vez construido doscientos años antes, que ella llamó *Via Octavia* ofreciendo un menú similar al que se podría encontrar en Pontus con provisiones de frutas y vegetales de Egipto y África. Sus socios eran Fabrizio y Tito, quienes además cantaban y tocaban el piano cada noche con Khaama-Ella haciendo su danza por las noches de los sábados.

Pusieron mesas con manteles blancos y una tarima hacia el fondo. Las mesas estaban iluminadas solamente con velas de cera que le daban al espacio un aire muy particular que forzaba una concentración sobre el lugar interior en vez del entorno de afuera. Las paredes estaban pintadas con murales del paisaje en Pontus mostrando ese verdor de árboles y pastizales que tanto fascinaba. A la entrada se construyó un patio con flores tropicales, materas repletas de bambú, espatofilos y filodendrons, una fuente, y dos jaulas con pericos como los de *donna* María Inocencia.

Via Octavia se convirtió en una gran atracción local y regional que inspiró un cambio benéfico en su alrededor en locales que habían sido abandonados por mucho tiempo.

Khaama-Ella continuaba residiendo en el Palacio Romagnoli, deleitándose con un baño diario en la piscina y horas de meditación en ese salón principal rodeado de los lienzos de antepasados. Las poltronas y la luz ocre que se filtraba por las cortinas le daban al espacio un sentimiento de retiro y calma. Catalina no se contenía de la dicha por el cambio en su antigua nodriza y buena amiga. Khaama-Ella estaba en casa.

Sucede que el *Ministero dell'Ambiente* en Roma había recibido una copia del folio de Catalina sobre las cuencas hidrográficas de Santiago de Cali que, sin que Catalina lo supiese, se presentaba como apoyo a una solicitud de ayuda económica para implementar ciertas medidas de preservación. El ministro citó a Catalina a una reunión durante una próxima visita a Ravenna. Era un congreso programado sobre la rehabilitación del río, ya que a través de su historia había causado muchos daños por inundaciones a lo largo de su curso. Las medidas tomadas para corregirlo o domarlo desde el primer siglo nunca surtieron efecto. Las del pasado fueron medidas basadas en estructuras de ingeniería y por fin surgió un consenso de intentar medidas ecológicas más en tono con el carácter del paisaje y del río.

Con mucha emoción y amabilidad Catalina invitó al ministro para hacer el congreso en el palacio, ofreciéndole también hospedaje como siempre fue el estilo y costumbre de los Romagnoli por varios siglos.

El congreso se celebró por todo lo alto en el palacio adornado por banderas, flores y música de una orquestra de cámara. Catalina y Khaama-Ella actuaron como anfitrionas para deleite de todos los asistentes. Se discutieron varios asuntos desde ecología hasta política preservacionista con el ministro invitando a Catalina para presentar su estudio de Santiago de Cali que suscitó mucho interés y un gran número de preguntas. Catalina tenía varias copias del estudio, las cuales se distribuyeron a la audiencia durante su presentación. La charla generó un grado bastante alto de entusiasmo, con varios oficiales sugiriendo que un estudio similar más a fondo debería hacerse en lugar de barajar los estudios históricos en la esperanza de nuevos resultados. Para sorpresa de todos, el ministro sugirió la formación de una agencia para la rehabilitación del río Po (*Agenzia per la riabilitazione del fiume Po*) desde su nacimiento hasta el delta sobre el mar Adriático y ofreció la recomendación adicional de nombrar a Catalina como *alta commissaria* apoyada por un elenco de expertos de su predilección. Con Ravenna a orillas del lado sur del delta, parecía muy apropiado tener a alguien con una relación sobre el río y un trabajo en algo similar a los objetivos de la rehabilitación.

El ministro solicitó un período de discusión durante el almuerzo, excusando a Catalina durante ese tiempo. Ocultando su emoción, Catalina se dirigió hacia el baño termal y la piscina para relajarse y contemplar ese futuro que parecía asaltarla de sorpresa.

De cierta manera ella presentía la presencia de su padre y abuelo sonriendo y aprobando con orgullo esta nueva aventura que a su parecer requería sentido común, visión, determinación, entereza y creatividad.

En el aguasal de la piscina, Catalina se sentía envuelta en una *volta de mar,* como los portugueses llamaban al mar de los Sargazos. Los lazos de servicio heredados por ambos lados de su familia la tiraban a una contribución significativa a largo plazo en un medio de dimensiones insospechables.

Cuando salió de la piscina y pudo vestirse de nuevo, su corazón parecía latir por fuera de su cuerpo esperando la llamada para regresar al congreso. Cuatro personas llegaron a escoltarla y una ovación la recibió al entrar a la sala. Era como caminar en un aguacero en la plaza mayor de Pontus o en el recinto antiguo de la capilla con su techo de hojalata. El aplauso caía como torrentes. Con un abrazo del ministro recibió y aceptó el nombramiento. Este era en realidad un enorme desafío que tomaría varios años en definirse y terminar. El río Po es el **más** largo de Italia, con seiscientos cincuenta y dos kilómetros de largo y **más** de ciento cuarenta tributarios. En su parte más ancha tiene quinientos metros. Diques o *argini* construidos para controlar sus inundaciones solo sirven para aumentar la velocidad de su cauce con gran poder destructor. De cierta manera se parece mucho al río Cauca, corriendo sobre una llanura (la *Val Paldana*) desde el borde con Francia hasta el mar Adriático. Recibe las aguas negras de varias ciudades, incluyendo a Milán, que no tiene planta de tratamiento y tira todo su efluente al río. Las condiciones de contaminación son bastante similares al río Cauca. Además de Milán, el Po enzarza lugares como Piacenza, Pavia, Cremona, Mantova y Ferrara, que figuran en la reseña histórica del norte de Italia. Visto de esta manera, el reto tiene amplio precedente físico e histórico y como una justa a caballo ofrece grandes posibilidades de triunfo y derrota. En ese momento, Catalina era la mejor llamada para hacerlo. No como una Juana de Arco sino como un señor Galahad conquistando el Santo Grial tantas veces como posible.

Con un aplomo inusitado, Catalina se entregó a la tarea de reclutar un equipo de investigación. Por recomendación del *dottore* Monteverdi hizo contacto con el *dottore* Gian Mario Piano, que era un joven muy versado en la historia del Po y sus ocho regiones. Catalina pudo también enrolar los servicios de Francesco Vitale, un experto en botánica regional y suelos; Franco Zuchero, un ingeniero químico; Luigi Carnavaro, un agrimensor; Ottavio Tutti, un artista con amplia experiencia en ilustración gráfica y transparencias; Carlo Petrucci, un piloto de bote con amplio conocimiento del río y sus tributarios; Marcelo Quasimodo, un experto en piscicultura; Marisella Conti, experta en relaciones públicas; y Florencia Lucca, una mecanógrafa experta en compilación y corrección de datos. Cada miembro del equipo recibió una alcoba en el palacio. Para facilitar interacción, Catalina convirtió uno de los salones del palacio en un centro de operaciones con mesas de trabajo y amplio espacio en las paredes para colgar mapas y diagramas. Dentro del *Ministero dell'Ambiente* había un bosquejo por parte del personal interno para la formación de una *Autoritá di Bacino del Fiume Po* (Autoridad del Agua de la Cuenca del río Po) que fue al parecer desmantelada por su nombramiento como *alta commissaria*. Sin embargo, con gran astucia, Catalina solicitó su colaboración y les asignó tareas de significancia. Mucho se hizo así para placer de todos, incluyendo el ministro.

Reportando cada tres meses en varias ciudades a lo largo del río, Catalina pudo crear entusiasmo y gran curiosidad. No era extraño verla caminar por las orillas con su equipo examinando el terreno, conversando con labradores y trabajadores, midiendo diques, navegando y atrapando peces en una atarraya, examinando sistemas de afluentes y generalmente apersonándose de sus tareas. El ministro usaba sus reportes para dar a su turno reportes al Congreso Nacional. Justo a los dos años de haber empezado sus labores, Catalina organizó una exposición que presentaría un análisis preliminar de condiciones con varias sugerencias para soluciones de las mayores áreas de conflicto. Un elemento central de la exposición era una maqueta de casi veinte metros de largo que cubría la extensión ripiaría del río.

Montada en el jardín público de Ravenna por una semana, y luego en lugares públicos de Turín, Milán, Cremona y Piacenza por una semana en cada lugar, la exposición fue muy bien recibida con una gran cantidad de sugerencias y acotaciones. Catalina pudo organizar los resultados con extenso comentario por su equipo para compilar un reporte que fue impreso con lujo de ilustraciones y presentado al *Ministero dell'Ambiente* en una ceremonia bastante solemne en el Palacio de Ravenna.

Para enorme sorpresa de todos, el *Presidente del Consiglio* o Primer Ministro hizo presencia en la ceremonia junto con una delegación de senadores que formularon muchas preguntas sobre implementación y proceso que Catalina y su equipo fueron bastante capaces de responder para satisfacción del *Ministro dell'Ambiente*, quien sugirió que se debía codificar lo encontrado en el estudio en la forma de legislación con la ayuda de la facultad de la Universidad de Bologna. Así fue nombrado el *dottore* Gian Mario Piano como líder legislativo, con Catalina todavía sirviendo como *alta commissaria*. El proceso en adelante se enredó en las marañas de costumbre en política y varios intereses regionales que frustraban toda idea contraria al *statu quo*. Nada se pudo hacer por tres años y Catalina decidió entonces viajar a Pontus para la celebración de los 75 años de la fundación.

Postludio Dos

La vida en Pontus marchaba a buen paso con reparaciones completas a las casas y las enramadas de la lechería y los galpones, una expansión de la escuela, la conversión de la casa de Pedro Nel en una biblioteca, uniendo su colección con la del anciano de San Antonio, más otras adquisiciones de Octavio, el pavimento de la plaza mayor con baldosas de granito, un techo de fibra de vidrio templada recurveante sobre el mercado y una transformación del edificio de Arenas Roma en un centro de aprendizaje de artes y oficios con la sede del Congreso de Negrerías y Desalojados en lo que fue en el pasado la oficina de Octavio.

Se debe mencionar que Segundo murió mucho tiempo antes del asesinato de Octavio y sus restos se convirtieron en los primeros inquilinos en el nuevo cementerio de Pontus que Pedro Nel localizó en la parte de atrás de la comunidad, al final de uno de los pasillos. Se trataba de una parcela que ya contenía a casi todos los miembros de la cuadrilla y varios parientes en formaciones de seis en fondo y lápidas de mármol muy sencillas imitando las del Cementerio Nacional de Arlington en Washington D.C. Se habían plantado mirtos entre las formaciones que florecían copiosamente de mayo hasta agosto.

Catalina llegó a Pontus sin aspavientos y se alojó en la casa que fue de Camila y era ahora de Mauricio. Ese Mauricio que tocaba el tambor, era ahora el presidente de la cooperativa. Luego del asesinato de Octavio y Pedro Nel, durante un período incierto, él se encargó de mantener la comunidad vigente de acuerdo con los ideales de Pedro Nel. El chico que tocaba el tambor para Camila se convirtió en un hombre joven con buena presencia, voz modulada y una mente ágil. El trabajo de reconstrucción había sido arduo, pero gracias a las contribuciones del legado de Catalina y otras fuentes se pudo reparar lo quebrado y restaurar lo perdido. Pontus era otra vez un ejemplo regional de independencia.

Catalina se sentó en el dique, como su padre lo hacía, para contemplar el pueblito y sorber ese aguardiente caliente que Alejandro destilaba y ahora era una industria de Pontus. Se pudo dar cuenta por varias versiones de ese programa de limpieza social desarrollado por los traficantes de drogas para eliminar los que se consideraban "indeseables", como las prostitutas, los huérfanos, los ladrones, los homosexuales y los desahuciados sociales que vivían en las calles. Muchos cuerpos se tiraban al río desde el puente a la entrada de Pontus. Los traficantes habían organizado grupos de limpieza social para matar a los indeseables y dejarlos tirados al lado del camino o en el río con letreros que proclamaban: *"Cali limpia, Cali linda"*. El río llegó a llamarse el "Río de la Muerte" con los cuerpos flotando arriba hasta localidades en Antioquia, en donde eran recogidos para hacerles autopsias que finalmente impusieron un peso grave en los presupuestos para servicios públicos de esas comunidades. Mauricio intentó organizar un cuerpo de vigilancia para prevenir la práctica, pero fue aconsejado por la policía de no interferir con la suposición de que era un asunto muy peligroso.

Se calcula que miles y miles de "desaparecidos" sufrieron ese tratamiento durante el reino del cartel criminal que dominaba la ciudad. Para el tiempo de la llegada de Catalina, las incidencias se habían reducido significantemente de un tope máximo de cien a la semana a unas pocas. Un río muerto actuaba como un cementerio líquido para indeseables. Octavio y Pedro Nel nunca hubiesen podido imaginar este extremo de depravación, aún durante esa época de violencia en el campo. Era tal vez mejor que ellos estaban ausentes.

A pesar de buscar y sostener su anonimato en Pontus, Catalina fue visitada por el alcalde de Santiago de Cali en repetidas ocasiones con el objetivo de convencerla a reasumir su posición como directora del medio ambiente, mucho más ahora con su extensa experiencia en Italia. Catalina arguyó que el problema en las cuencas hidrográficas no era un asunto de dinero sino de enteraza social y política. A su manera de ver, el consejo municipal y la alcaldía deberían tomar medidas claras, legales y efectivas para proteger y rehabilitar las cabeceras sin patrañas o artimañas. No tenían dinero para botar en una causa débil de principio. Las fundaciones europeas y norteamericanas esperaban logros de significancia que solo se podían alcanzar con decisiones efectivas envueltas en valentía e integridad.

Catalina entonces decidió regresar a Italia, reconfortada por el progreso de Pontus a pesar de la condición del río, y perderse la celebración de los 75 años.

En realidad que *"la vida es sueño y los sueños, sueños son"*, como dice Calderón de la Barca. Este sueño de Pontus había continuado a través de pesadillas y la canícula de días tropicales. Era un verdadero sueño a pesar de todo. No todo sueño demanda estar dormidos.

Por la noche, mientras el avión cruzaba el Atlántico, Catalina podía ver esas estrellas que su padre le mostró en ese primer crucero. Parecía que estaban más cercanas o tal vez la edad nos acerca más al infinito. Era tal vez una respuesta a ese grabado en el libro de Camille Flammarion en 1888: *L'Atmosphére: Météorologie Populaire* que mostraba a un monje con una túnica larga asomándose al borde de los cielos por debajo de la carpa del infinito para ver la maquinaria celeste en ese punto donde el cielo y la tierra se tocan. Tal vez este avión podría penetrar el horizonte para exponer el mecanismo del infinito como los engranajes de un reloj. ¿Qué tan lejos están los horizontes? ¿Dónde levantar la carpa?

Postludio Tres

¿Qué más se puede decir? La pregunta centenaria de Leonardo seguía vigente. Mucho se había hecho. Khaama-Ella y su restaurante-bar prosperaban más allá de lo esperado. La invitación a conjuntos y cantantes para aparecer en la tarima se expandió a una especie de festival interior con mucha participación y expectativa.

En vista del impacto sobre nueva vida y energía en los muelles que una vez se consideraron desahuciados, la ciudad construyó un anfiteatro sobre uno de ellos, con un escenario flotante, para celebrar un festival de la canción durante el verano. Fabrizio y Tito fungieron como directores mientras Khaama-Ella actuaba como uno de los patrocinadores. El evento resultó ser un rotundo triunfo y se repitió por varios años, atrayendo el mejor talento y una multitud cada vez mayor.

Por razones de edad y varias lesiones en sus caderas, Khaama-Ella suspendió su danza, que fue remplazada por su cantar sobre temas melancólicos acerca del amor perdido y los alejamientos de la patria, los cuales tenían bastantes aficionados. Se parecía mucho a ese *fadó* portugués. Pero Khaama-Ella tenía problemas serios con su cadera y usaba un bastón además de haber cambiado sus tacones altos por zapatillas. Tras muchos años de andar con el talón en alto no podía aplanar su planta al caminar y se movía como una bailarina en la punta de los pies. El dolor en las caderas era probablemente causado por artritis que ella ignoraba con medicina para el dolor.

Un día lluvioso, Khaama-Ella trataba de abordar la lancha que la llevaría por el canal del lado del palacio hasta los muelles. Por efecto de la lluvia sobre las losas húmedas y su bastón no pudo controlar sus pasos y se deslizó al agua sin poder ser rescatada inmediatamente. Muy lentamente se hundió allí hasta la eternidad. Catalina la lloró copiosamente y luego de una ceremonia en la Basílica de San Apolinario la enterró en la cripta del palacio en donde acompañaría a Valeriano, el conde y *donna* Maria Innocencia. Llovió por muchos días, como si el cielo estuviese sintiendo una gran pérdida. Tito y Fabrizio decidieron continuar con el bar-restaurante, cambiando el menú a platos menos exóticos, pero conservando la música. Una cantante de Assomada, en Cabo Verde, emergió del festival para llenar con su *fadó* ese lugar cincelado por Khaama-Ella.

Sola en la inmensidad del palacio, Catalina decidió convertirlo en un centro residencial de estudio para jóvenes promesas en literatura y música. Se celebraría un llamado anual a un concurso de novela y poesía junto con una competición de piano y música de cámara. Era un plan muy ambicioso con enormes probabilidades de fracaso por los problemas inherentes en creatividad y el manejo de personas artísticas. Luego de discusiones con la Universidad de Bologna les cedió el manejo del plan y del palacio a un consejo de artistas y profesionales bajo la autoridad de la universidad como regente y guardia de la herencia Romagnoli, completa con la cripta, la capilla, el salón principal con los lienzos y un salón con esa maqueta del río Po y los dibujos colgados de las paredes que describían esas posibilidades descritas en su estudio. Por encima de todo, le dio a la universidad una participación substancial en el legado Romagnoli para efecto de mantener el palacio y apoyar los programas. La gratitud de la universidad fue expresada en un doctorado *honoris causa* conferido durante los ejercicios de graduación. Parecía que el círculo se estaba cerrando ahora que Catalina entraba en sus setenta años y su cabello se tornaba blanco y plata. Ella conservaba ese caminar erecto y bastante airado de su juventud en Pontus sin necesidad de apoyo. Era, a pesar de todo, una heredera de hombres perseverantes y acometidos a luchas tan grandes como la vida misma.

En ese salón principal, junto con los lienzos de sus antepasados se colgó una pintura de Octavio y Alessandra en su día de bodas que tenía tintes de Uccello y Rafael. Llenaba un espacio al lado de la efigie del conde en su uniforme de caballería, no muy distinto al de Octavio. Pensando en tener un lienzo memorial para ella misma como el último cogollo de la dinastía Romagnoli, Catalina decidió contratar un artista local para hacer una serie de esculturas en bronce a media escala como esas bailarinas de Monet. La danza fue siempre su pasión nunca abrazada por razón de otras demandas y por varios meses se dedicó a posar y observar los modelos en cera antes de hacer los vaciados o fundiciones.

Se trataba de una serie de ocho esculturas que se instalaron en el salón principal como si fuese una sala de entrenamiento con una barra y espejos. Cada escultura tenía falditas de tul blanco y rosa. El salón principal recibió entonces una mejor iluminación que permitía ver mejor los lienzos y acentuar un espíritu menos sombrío. Era para Catalina su manera muy personal de rendir homenaje a una historia ancestral de seis siglos. El rector y miembros de la facultad de la universidad visitaron el palacio y se declararon enorme y eternamente satisfechos con el don. La ciudad de Ravenna decidió catalogar al palacio como joya medieval para prevenir su destrucción y cambios indeseables. Una placa de bronce fue instalada en la puerta principal, debajo de una inscripción de los Estados Papales, comendando la labor de varios Romagnoli en el distante pasado para preservar el orden y la misión papal. Parecía que la historia fluía por el palacio y Ravenna, como esos torbellinos de arena en el desierto alrededor de Al-Bagawat.

Postludio Cuatro

Mirándose en el espejo, Catalina empezó a darse cuenta de las arrugas en su piel desde las espaldas hasta los muslos. Su cabello totalmente gris y plata contrastaba con su piel trigueña. Recordaba esos tiempos en el Alto de Pance cuando se zambullía como una ninfa en la laguna cubierta de escarcha. Decidió nadar con mayor intensidad a ver si recuperaba el tono de la piel y los músculos. Luego de tanto tiempo, una medida de vanidad empezaba a ocupar su mente. Nunca fue una practicante activa de sexo físico, pero siempre estuvo muy consciente de su sexualidad y sensibilidad femeninas para avanzar sus ideas en complemento con su intelecto. Vestida por más de cincuenta años con trajes de seda diseñados en una de las casas de moda en Milán se movía por sus entornos con la ligereza y agilidad de una leona en pie de caza. Los trajes parecían flotar por su figura y subrayaban caderas y senos de una manera suave y a veces sugestiva. El reflejo desnudo en el espejo era como un vestido viejo colgando de sus hombros. Allí decidió irse a la piscina y empezar su nuevo régimen de cultura física. La vejez no podía ser un impedimento a una buena imagen. A los pocos meses se declaró satisfecha y viajó a Milán de compras. No quiso teñirse el pelo porque ese color blanco y plata le confería un cierto aire de experiencia y sensualidad. Por sus compras y estilo, además de la condición de su figura, fue entrevistada por varias revistas de modas y el *Corriere della Sera* que hizo dos páginas narrando la vida de Catalina unida a la de Octavio, Alessandra y Pedro Nel. Casi de la noche a la mañana, Catalina se volvió una celebridad, con entrevistas y demandas por su folio sobre el río Po y encomios por su legado del palacio a la universidad. Para su gran sorpresa, el *Ministro dell'Ambiente* afirmó que la legislación estaba preparada para implementar las medidas sugeridas por Catalina. Varias localidades en Italia y Europa habían utilizado el proceso del estudio para analizar sus propias cuencas hidrográficas. Parecía que los ríos del mundo fluían repletos con el efluente corrupto de sus bordes y en países subdesarrollados se imitaban sin prejuicio los sistemas de contaminación como ejemplares de progreso.

En medio del revuelo por las entrevistas y aparente fama, Catalina decidió regresar al palacio, pensando que en medio de todo podría escribir un libro sobre conservación de recursos hidrícos; pero luego de pensarlo bien por unos días y nadar en la piscina hasta estar exhausta, resolvió no hacerlo ya que sus dos esfuerzos anteriores en dos localidades habían recibido el mismo nivel de desidia y maltrato. Tal vez una nueva era de dinosaurios y pterodáctilos surgiría en el futuro para empezar un ciclo de purificación bajo el dominio de las grandes bestias en lugar de las pequeñas bestias con egos enormes que gobernaban en este tiempo. Mirándose en el espejo, se frotó con aceite de coco y sintió el trópico levantarla a las regiones más altas y puras, como las cimas de los farallones.

Así sucede que soy la única sobreviviente en mi avanzada edad, todavía nadando desnuda en la piscina de agua salada, como lo hacía mi madre, para luego sentarme en la sala principal para ver a mis antepasados sonriendo desde lo más alto de las paredes. Imágenes de mí danzan alrededor. Los sirvientes se han ido, todo lo que queda es espacio, lugar y memoria.

Esta es la historia que he llevado dentro de mí hasta ahora. Tal vez falten detalles y más drama en varios lugares pero es suficiente decir que todo ha vivido en mis sueños aún hasta esta edad presente de ochenta años. No se pueden guardar los sueños por tanto tiempo. Es necesario liberarlos para que ejerciten sus alas y puedan impulsar otros sueños. Tienen que ir más allá de Calderón de la Barca y forjarse de nuevo con mayor intensidad en realidades soñadas en lugar de frustradas. Soñar es un ingrediente decisivo de la vida y tal vez de la muerte misma que puede ser no más y no menos que un sueño Es suficiente decir que se soñó y se vivieron los sueños con vigor, creatividad y felicidad. Leonardo y todos saben que se hizo algo. Todo ha pasado con su cuota de labor. Ese algo que necesita que alguien recuerde lo que se hizo como lo he hecho en estas páginas. Desde el Loire hasta el Cauca y el Po, sobre el mar de los Sargazos y los siete ríos que saltan de los farallones, las aguas arrastran las memorias de los que estuvieron, hicieron y se fueron, tanto como yo lo hago desde esta caja repleta de flores como lo hizo y sintió mi padre. Desde aquí puedo ver esa caja deslizándose por la nave de la Basílica de San Apolinario en ruta a la cripta del palacio. Los manzanos están floreciendo al mismo tiempo que los gualandayes en la otra ribera. Las abejas tienen su día y yo tengo el infinito.

Obras Consultadas

Sabiendo que esta es una novela con bastante libertad para interpretar lugares y datos, es bueno ofrecer una fuente bibliográfica que pueda satisfacer tanto curiosidad como rigor académico a cierto nivel. Se han mencionado obras y nombres que asumen una familiaridad con relatos históricos o geográficos. La mayoría en este listado son obras en inglés pero hay varias traducciones al español de algunas que pueden ser consultadas en bibliotecas o librerías locales para satisfacción parcial o total. No es asunto de ufanarse sino de proveer puntos de contacto que faciliten la navegación. En todo hay trazos de Pedro Nel y su búsqueda de verdad, belleza y bondad al estilo de Santo Tomás de Aquino o al menos de una causalidad conveniente.

Marie Arana: *Bolivar: American Liberator*. Simon and Schuster. 2014

Serge Bramly (Sian Reynolds, tranductor): *Leonardo. The Artist and the Man*. Penguin Books.1995

David Bushnell (Editor): *El Libertador, Writings of Simon Bolivar*. Library of Latin America. Oxford University Press. 2003

David Bushnell: *The Making Of Modern Colombia: A*

Nation In Spite of Itself. University of California Press. 1993

Gonzalo Canal Ramirez and Jaime Posada: *La Crisis Moral Colombiana.* Antares. 1955

Beatriz Castro-Carvajal: *El Caudillo Radical David Peña: Protagonista de una Cruenta Toma De Cali en 1876.* Biblioteca Virtual. Biblioteca Luis Angel Arango. Banco de la República.

Michael Gelb. *How to Think Like Leonardo da Vinci: Seven Steps to Genius Every Day.* Dell. 2000

German Guzmán Campos: *La Violencia en Colombia: Parte Descriptiva.* Ediciones Progreso. 1968

Robert Harvey: *Liberators: Latin America's Struggle for Independence.* The Overlook Press. 2000

Jesús María Henao y Gerardo Arrubla: *Historia de Colombia Para La Enseñanza Secundaria.* Nabu Press. 2011

Alexander von Humboldt, (E. C. Otte, translator): *Cosmos: A Sketch or a Physical Description of the Universe.* CreateSpace Independent Publishing Platform. 2014

Alexander von Humboldt with Aimé Bonpland. (Sylvie Romanovky, traductora): *Essay on the Geography of Plants.* University of Chicago Press. 2013

Alexander von Humboldt (John Block, traductor): *Political Essay on the Kingdom of New Spain*. Cambridge Library Collection. Cambridge University Press. 2014

Alexander von Humboldt (Mark W. Person, traductor): *Views of Nature*. University of Chicago Press. 2014

Colin Jones: *The Cambridge Illustrated History of France*. Cambridge University Press. 1999

Jon Meacham: *Thomas Jefferson: The Art of Power*. Random House. 2013

Irma Richter, compiler: *Leonardo da Vinci: Notebooks*. Oxford World Classics. Oxford University Press. 2008

Manuel Sinisterra: *El 24 de diciembre de 1876 en Cali*. Biblioteca Virtual. Biblioteca Luis Angel Arango. Banco de la República.

Marilyn Stokstad: *Art History* (dos volúmenes). Prentice Hall / Harry Abrams. 1995

Alvaro Tirado-Mejia: *Nueva Historia de Colombia*. Planeta. 1989

Varios Autores: *Historia de Colombia*. Taurus. 2011

Andrea Wulf: *The Invention of Nature: Alexander von Humboldt's New World*. Knopf. 2015

Andrea Wulf: *Founding Gardeners: The Revolutionary Generation, Nature and the Shaping of the American Nation*. Vintage. 2012

Frank Zollner: *Leonardo da Vinci*. Tashen. 2011